偷刣豬的阿忠歐吉桑

邱傑　著

【推薦序】筆力萬鈞繞指柔

此書內容極為豐富，不但有許多奇人趣事，祕聞軼事，而且揭露了許多祕辛，挖出了極為隱密、幽微、機密的寶貴資料，極具爆炸性、可讀性、吸引力、震撼力，是臺灣歷史文化與政治具代表性的重要著作，本人認為可列經典之作。

《偷殺豬的阿忠歐吉桑》一書中，至少有五大特點：一、深入報導「真人真事」的臺灣奇人趣事。二、回顧桃園空軍機場的見聞與挖出一九六六年反共義士廉保生的祕聞軼事。三、作者透過畫伯阿海的敘述，詳盡道出民國四十年代、五十年代臺灣漫畫發展橫切面之詳盡歷史。四、談論一九七七年「中壢事件」與許信良滯留美國多次闖關回臺灣的驚險歷程。五、報導桃園政治人物的點點滴滴：包括許信良、徐鴻志、劉邦友、黃木添等。

邱傑是臺灣桃園市人，博學多聞，多才多藝，幽默風趣，獨樹一格，屬於天才型大師級人物。他在國小時期開始投稿，拿「縣長獎」畢業，一生雖與學校教育未結長久之緣，卻透過自習自修在各種領域備受肯定而得獎無數，以畫畫與寫作兩者而言，出版已有一百多本作品，海內外個人藝術展覽近五十場，得各種文學藝術大獎無數，集資深媒體人、作家、漫畫家、藝術家、收藏家於一身。而本書寫盡長期以來底層社會觀察，全書讀來充滿輕鬆流暢如春水行小舟，筆下卻有對土地、對人間之濃濃深情，真乃以繞指柔絲懸寄萬鈞筆力。我的老友邱傑實是寶刀未老，令人讚佩、感動及感謝。這本書值得大家閱讀、典藏、參考及推廣。特此鄭重推薦。

邱榮舉

臺灣大學法學院前副院長

【推薦序】悲憫情懷

這本書一共蒐錄了十二篇創作，從《偷刣豬的阿忠歐吉桑》的書名，便知會是很有趣、很有故事性的一本書。果然，登場的第一篇〈三飛出國的斗六圓環大俠〉，把一個卑微人物的遭遇用詼諧的筆調抽絲剝繭完整呈現，讀起來既有趣卻又為主角的悲慘感到不公與心疼；第二篇〈偷刣豬的阿忠歐吉桑〉則透過阿忠歐吉桑的回敘，描繪了幾十年前的臺灣底層社會面貌。其他各篇亦無不充滿了作者對社會相的縝密體察，及令人感動的悲天憫人的情懷。

作者為已隨歲月逝去的早期台灣社會留下記錄，既讓經歷過那段歲月的老輩反芻其中的艱苦後的回甘，也讓未及參與的後輩能揣想祖輩在平和的日子中的樸實身影及生活的酸甜苦辣。除此之外，作者字裡行間向讀者傳達的可能更是他未泯的童心，和臺灣少為人關注的人物為生存而卑微卻又堅毅活著的不捨與尊敬吧！

邱傑老師在兒童文學、散文、詩、小說、報導文學、雜文、傳記、漫畫無不涉獵，也是知名的畫家，更是傑出的記者，領域之廣令人驚異。各種身分他都卓有表現而得獎無數，可謂全方位的藝文創作者，真是天賦異稟，令人佩服。

藍清水
廣州中山大學歷史學博士
政治大學民族學博士
曾任中壢社區大學校長等職

【推薦序】白描入化

邱傑老師是位謎樣的人物，我常常想他是否有分身？否則，一個人一天只有二十四小時，除了吃飯睡覺還會有多少時間，他怎能又寫作，又繪畫，又田調，又四處演講，似乎有發洩不完的精力。他在桃園濱海偏鄉蓋了一座白石莊，白石莊名字取得甚雅致，我以為是豪宅，不料卻是鐵皮屋，室內家具有些是朋友送的，有些是附近揀拾而來，在他夫人巧手布置下，絲毫不嫌簡陋。一如他的文章總是一揮而就，從不修飾，更不用辭藻堆砌，這就是所謂的白描，已臻寫作的化境，讓人感動著迷百看不厭。

邱傑兄熱愛大自然，自加拿大返國後更見忙碌，擔任諸多職務，白石莊牆角堆滿金鼎獎等各種文學藝術獎杯獎狀獎牌，竟還能前往總統府介壽堂、各縣市學校、社區演講、評審，甚至還到街頭舉牌捍護生態環境。

在他出版的一百多部書籍中，這一本《偷刣豬的阿忠歐吉桑》，描寫的人物個性鮮活栩栩如生，如「斗六圓環大俠」、「阿忠歐吉桑」、「酒鬼阿仙」、「廉先生的神祕訪客」等，無不躍然紙上，每一事件也都充滿緊張懸疑。他的筆法尤其引人入勝，一會兒平鋪直敘，一會兒峰迴路轉，一會兒撲朔迷離，有的章節是小菜一碟，有的是豐盛的大餐。好看！真的好看極了！我不再贅言，留待讀者細細的品味。

左化鵬
中央社前記者
網路知名作家

【推薦序】人物書寫的傑作

這本書充分流露出作者幽默可愛的真性情，用很流暢自然的語氣，滿面春風的說故事，說著自己覺得很平常的事情，我卻覺得驚訝，驚訝世事竟如此奇幻多變。

全書一共十二篇，書中人物有縣長官員政治人物，也有市井小民殺豬人和流浪者，筆下談笑風生，令人如沐春風，卻有極其真情之深刻寓涵。斗六的圓環大俠，三次出國，又搭飛機又吃好料，最後是說不出所以然來的被囚禁；阿忠歐吉桑娓娓道出小百姓生活的不容易，和另一篇祖傳三代的屠宰戶相映成趣，這些「從前」如果不說出來，現代的年輕人怎能曉得？「圈仔內」中飛機失事，「小孩子」說：「天上忽然掉下一個大餅來」，想想看，那從飛機上脫落的機輪盤旋打轉飄墜，是多麼令人驚心動魄的場景。可是，小孩子看到「大餅」，瘦小的媽媽去把飛機尾巴拖回來藏起來，變賣之後，給孩子們買新衣新鞋。真實的故事，真實的生活，令人感動無比。

透過作者的描繪，許多「人物」就清清楚楚的站立到讀者眼前。酒鬼阿仙是校工，曾經被牛頭馬面召喚，這種奇遇，相信就有，不相信就不存在了！像童話故事又像真的一樣，這是這本書絕對吸引人之處。

作者從十七歲一直到現在，文學與藝術創作不斷，如果他沒有寫這本書，有多少真人實事都將隨著時間而消失，「立言」，真是偉大令人崇拜的志業！

褚乃瑛

金鼎獎兒童文學作家

【自序】書寫記憶

這一本書中有許多故事，或許都只是大時代中的一些小小故事，卻有拼圖的價值，許許多多小故事可以拼出一幅精彩的圖，少了一塊都可惜，都將造成完整拼圖的遺憾。

雖然許多人勸說，我還是沒有寫回憶錄的打算，因為回憶錄往往為了隱晦或美化而失真。我寧可書寫記憶，一篇篇的書寫，透過採集與記憶，寫自己也寫他人，寫那些不為人知或已將被淡忘的人與事，為某一個時代記憶留存一些蛛絲馬跡、片言段語，為大時代拼圖之巨構提供若干支援與協助。

常常和朋友聊天時聽到了好聽的故事便會努力勸告：寫下來吧！

書寫不是作家特享權利。

書寫，是人類的天賦本能，豈可輕易放棄？

目次

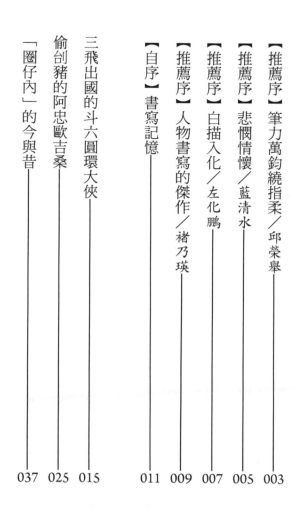

三飛出國的斗六圓環大俠

斗六站前車馬喧
圓環大俠安在哉

如果你想聽圓環大俠的故事，讓我來說給你聽吧。這個大俠已經有二十年不曾在圓環出現，沒有人知道他到哪兒去了？有人說他早已死翹翹，這也難怪有此說法，那樣一身是病而又繼續胡亂糟蹋身體，猜說他死掉了也是正常；有人說他被拐去中國，全身器官被賣光光摘光光，說得活靈活現，想起曾經發生過在他身上的故事，如此說法倒也很是有人願意相信；還有更精彩有趣的雜雜八八。總之，大家說的都是胡說八道，只有我清楚：他現在還活著，住在一個安全、可靠、日夜都有人幫他守衛，三餐都乾淨衛生，沒有風吹日曬雨淋受凍之苦的地方，你要說這是他走了好老運，修來了好福氣，也可以啦。

大俠姓啥名啥呢？這說了也沒啥意義，姓名也只是一個符號，就像學生開學新生訓練就有了個學號，罪犯關進大牢就有了個受刑人某某某的編號般，人間行走的一個標籤，反正認得他的人，不說也明白他是誰；不認得他的，說了也沒能增加些許你對他的好印象或壞印象。更何況，他從斗六圓環消失二十年，二十歲以下的斗六人根本不曾見過他，報上一個名號當真沒啥用處。

還是他的故事比較精彩。

圓環時期的大俠大約是他四十歲左右年紀，正是壯盛之年，大熱天也重重疊疊穿上他所有的衣物在身，年頭到年尾永遠披著一件被單似的大披風四界行走，「大俠」之名因而不脛而走。只可惜這個大俠的造型實在教人不敢恭維，蓬頭垢面渾身髒臭一身邋遢，大概總有十天八天不洗澡吧。成天就挾著抱著或是扛著棉被毯子，和許許多多不知裝著什麼東西的大小塑膠袋，街頭巷尾尋尋覓覓找吃的喝的。有時拎著兩三個看來像是剛剛從自助餐店出爐的新鮮紙盒便當，圓環伙伴們便老實不客氣湧上來快樂分享。我這樣形容或許不曾認識他的人便知曉了——大俠正是一個流浪漢。這倒也沒錯，社會便是如此定義像他這樣的人的。偶而他突然變得乾淨整潔，大大一臉落腮鬍，炯炯雙眸，顯露出他的本來面目竟是如此驚人的清俊帥氣，那必然是他居住遠地的親人回返斗六，尋到了他，將他帶往某個旅館清潔了身，帶往理髮店剪短了髮，換上一身潔淨，方得以回復他的本來面目。但未幾，親人離去，頂多三大五天，他又回到了滿臉塵灰一身髒。如此周而復始，究竟哪一個才是他的真正面貌，也難以辨別。

忽然大俠自圓環消失。街友同伴應是最先查覺的，因為同為街友，或是相搶一個比較遮風避雨可供睡覺之好位置，或是爭奪可回收可賣錢的廢棄物較多之路段，或是某某街友比較「富有」——常有親人給他新的睡袋新的衣物可供垂涎染指，或常有較多鮮食可分一杯羹，突然在某一個熟悉的位置上少了某個熟悉的身影總是異常事。但同儕查覺、耳語、即便風傳全城也永遠傳不到和他們不同族群者身上，街友和一般社會人就像油浮於水，同在桶中，永不混淆。

過許多天，大俠回來了，口沫橫飛訴說奇遇，唬得同儕一愣一愣，但那一身嶄新漂亮行頭卻是事實，訴說的傳奇故事因而也不由得眾人不信。你道什麼傳奇故事呢？就在這消失的短短幾天之中，大俠去神遊一趟太虛，醒來方知黃粱一夢，卻又留下夢中許多印記，證明那並非是夢而是一場親歷。

話說忽然有人在街頭找上了他，帶他到餐館飽餐一頓，免錢的。再待他如親人般去了旅館一番梳洗，給了他一身潔淨而且體面的衣物，乞丐似的形貌搖身變成了王子。

為什麼你要對我這樣好啊？

大俠曾經長年酗酒，腦袋趴代掉五六分，一次酒後被車迎頭一撞，沒撞死，緊急送醫將頭蓋骨鋸開來整理一番清洗一番，活是活下來了，智力更再喪失許多，只剩兩歲或許三歲的智慧了。雖然如此，究竟還是有點殘存，曉得找吃的曉得找喝的讓自己活下去，曉得引領他去清洗和飽餐的就是他的至親。而今怎麼忽然冒出見所未見、而又對他如此之好的至親呢？

那人和他談了幾句，精準秤出了他腦袋裡的殘存，也沒多話，直接帶他而去。去了哪裡呢？有一說是去了廈門或是福州，去幹嘛呢？去娶某啦！就是說，他被安排成了一位來自台灣的體面無比的新郎官，娶了一位年輕貌美如花似玉美嬌娘了！

天下哪有如此好康的事？事實上便是如此好康，只是洞房之夜他沒能和親愛美嬌娘同享一個花好月圓的洞房花燭夜，一切行動舉止都有人引領不勞他操煩，所有的安排中就是缺了這一件安排。

然後，興高采烈的牽著新娘子白嫩嫩的玉手，再搭一趟飛機，回到了台灣。

美夢在桃園國際機場的入境大廳出了巨大的變化，他的如花似玉連一聲拜拜都沒說，直接被人引向另一輛車呼嘯而去，他被給了一張駛往斗六的車票，送上了大大遊覽車。還來不及細問究竟怎麼一回事，那位好心人已消失在車後。這長久以來，大俠從不曾搭過飛機，莫說飛機，連「公路局」都不曾搭過，幸運的是憑著手中車票，以及車上好心人的提醒，他安然回到圓環他的棲身之處，毫髮無傷，多了的只是一段有趣的故事。

這是大俠第一次消失幾天之後，帶給少數那幾個偶而和他談幾句的街友伙伴們的故事。有一必有二，隔了大約半年，他再一次消失多天。又是被清洗打理得乾淨體面，又是被招待一頓大餐，又是坐飛機出國，不變的戲碼是：還是去結婚。只是故事結尾有了不同，只剩大約三歲智商的他，在下了飛機行將通關入境台灣的剎那，神奇的智慧能量暴沖腦門，臨近國之大門時，他緊緊拉著新娘子的手臂，好不容易得來的第二位新娘，他不能再任其搭上別人的車了。

結果，就在入境大廳，旅客如蟻，眾目睽睽，甚至不遠處還有執行交通猛吹哨子驅趕臨停車輛的警察大人，大俠竟然被幾名大漢飽以老拳。說個個都是大漢也不精確，帶他出國結婚的那個就只是一個細漢蠟黃瘦小，看來體弱如生病小猴的人，大俠至少比他勇壯，可惱一陣拳腳交加中，他連踹這小瘦之物一腳都沒有機會。咦？大俠會踹人嗎？大俠的故事我可清楚，其實他是不會踹人的。他出身在一個公務員家庭，自小父母寵愛之極，他的父母親育有二男四女，爸爸早出晚歸，負責管教的媽媽重男輕女，做各種辛苦事、挨打挨罵，女生有份，吃好的穿好的受寵的男生專享，任何事錯的絕對是女生，男生永遠沒有錯也不會有錯。而所謂打罵，打是可能打出人命的毒打，罵是連祖宗老爺都罵進去，女生個個苦命如早年的「養女」，男生則恃寵而驕，貴不可碰。慢慢的父母漸老，子女成人，女生相繼嫁出，兩個男生跟著成家，卻只成家而沒立業，就算立了業也只遊戲人間，喝酒、賭博、簽「樂仔」才是主業。就此日復一日，年復一年，老爸老媽辛苦一生留下來的土地變賣了，房產變賣了，沒幾年完全敗光光，兩兄弟前後淪為租屋族，最後連老婆也都跑了。接下來是老弟先喝壞了身體掛掉，這個當老大的大俠，無家可歸，又兼智障腦殘，圓環成了他的家。命運如此，他卻始終一派溫文風範，他的俊帥曾是街坊出了名，他也曾擁有好手藝發奮圖強一番，終究沒曾翻身，一路走來，再如何他也不曾開口罵過人，揮拳打過人，這是大俠謹守一生沒有敗掉的教養。

最後一趟被安排坐飛機出國的故事，則留下了比機場公然挨打更是勁爆的，最驚奇也最慘烈的戲劇高點。

這一趟出國，他被帶到泰國——事實上他自己或許並不知道被帶去的地方就是泰國，這是後來報紙上寫的。也就是，這一趟他上報了。

一樣一番洗滌更衣，一樣獲得飽餐一頓，一樣被帶領著坐飛機出國，於他而言有一頓大餐有一襲體面新衫新褲也算不壞。第二次娶新娘換來的那一次挨打，記憶已遠，挨完打如何回到斗六圓環更不復記憶，總之他重新回到了圓環，重新回復了許久以來早已習慣了的生活方式。他所不知道的是，那樣的生活方式隨著這最後一次出國，永遠告別了。

去到比中國還要陌生的國度，至少去中國遇到的還是看來差不多一個樣子的人種，說的是和台灣差不多的國語，這次去的地方放眼皆是皮膚黑趖趖的人，講起話來一句也聽不懂。以為可以逛逛，以為又可以娶個老婆，這樣黑嘛嘛的老婆娶回斗六好歹也還是老婆，回斗六總該為她租個房子吧？但帶他的人只和他在小旅館住了一晚，第二天一大早就被喚醒，坐車，直奔機場而去，咦？這樣快就要回去了啊？

果真去到了機場，帶他的人沒叫他下車，留他在車上，自己匆匆進到機場，不一會兒回來，上車，掉頭離開了機場。他想搭訕一句：不是要坐飛機嗎？立刻挨一頓罵，那人要他閉嘴。

車子逛啊逛，繞啊繞，倒給了他難得的異國遠鄉觀光機會。一直繞了非常久，或許有好幾個鐘頭之久，車子回到機場，那人為他介紹了一個同行的人，給了他機票和一個行李拖箱，殷殷交代通關、搭機……，讓他跟著那人一塊兒進了機場。

「這不是我的皮箱啊？我自己有一卡帶來的皮箱，我的皮箱呢？」

「你那一卡破皮箱還要他幹什麼，這個漂亮的新皮箱給你，裡面好吃的東西、漂亮的衣服新衫都給你，讓你成為你們那個圓環最派頭的人。你一定要牢牢記住，下飛機去領這一卡新皮箱，這皮箱是給你的！」

沒有討個新娘，賺一卡新皮箱和裡面一箱好料，這也不錯啦，好康不輸給帶一個黑趖趖的新娘回家啊。他依然為自己的好運感到高興。只是，一下飛機，領到皮箱，才走沒幾步，他就被警察抓小雞般抓住了。連人帶皮箱。

警察要他指認同夥，他完全不知什麼叫做同夥。接下來的連串、冗長、重複又重複的不同的人不同的地方的訊問，教他煩都煩死，因為老老實實的人老老實實的回答偏偏沒有一個問話者肯相信。日也問暝也問，一個人問一群人問，穿制服的人問穿袍子的人也問，問了又問，再問，始終他答不出一個教對方滿意的答案，因為他的的確確真是一無所知，最後，宣判了，走私桃園國際機場啟用以來，最大宗毒品卻毫無悔意甚至意圖隱瞞同夥身分，企圖一肩扛下一切刑責的重罪，判處無期徒刑，褫奪公權終生，隨即發監執行。

冤枉嗎？判決書上句句是實啊。不冤吧？不冤才怪，他沒有一句隱瞞，更無意圖掩護同夥而扛下重責之豪氣膽氣，他是真的一無所知，誰來相信？

這故事就說到這兒吧。這就是開頭我說的，大俠還好端端住在一個安全、可靠、日夜都有人幫他守衛，三餐都乾淨衛生，沒有風吹日曬雨淋受凍之苦的地方。免受風吹雨打，生活規律，原來因酗酒造成肝硬化、腹水滿滿一肚子，還有其他滿身毛病雖也一度相繼發作，幾度手銬腳鐐鏘鋃鏘鋃押解就醫，居然就是死不了的耐命。二十年一晃而過，也沒有什麼累進處遇、假釋的事，像被整個社會完全遺忘的繼續籠裡關著。他的親人私下有過一番討論，倘若沒被關起來，或是倘若關幾年放出來，他必然還是在圓環過他餐風露宿的大俠生活，三餐有一餐沒一餐不說，病了誰來醫？還能像現在一身乾乾淨淨？

你要說這是大俠走了好老運，修來了好福氣，也可以啦。要不然，又該怎麼說？

圓環變得不一樣了，變得好時髦。秋風漸冷，街友難挨的日子就要到來，至少，大俠不憂心吧！

咦？圓環？如今大俠可還記得？

偷刣豬的阿忠歐吉桑

私宰叫做偷刣豬
偷刣豬豬不叫嗎？

我始終覺得貓應該要比老鼠聰明，否則貓就要挨餓了。可是老鼠源源存在於我們的身邊，維持著亙古以來閃閃躲躲的本性驕傲。而貓逐漸消失於大地，變成了只剩一個仰人鼻息而徒具形狀的活的標本，老鼠還是比貓聰明。

那麼，漏稅的人和查稅的官誰聰明呢？

我聽說屠宰業古早時代有一種有趣而又精彩的漏稅傳奇，時空快速跳躍變化，我決定將之攔截，即時記錄，卻不知道來得及來不及。

殺一頭豬要繳多少屠宰稅呢？

我問一位現役的屠宰商，他愣了一下，隨即哈哈哈哈哈大笑起來：「屠宰稅？伊阿公時的故事了，老早就沒有屠宰稅啦。」

「屠宰稅以前不是有嗎？」

「有啊有啊！以前是有，我想想，那是哪一年停掉的？那年我三十歲，那就是七十六年沒錯，噯呀，今年已經滿三十年，好快呀。」

「老闆你從幾歲開始殺豬的？」

「我十幾歲，國小一畢業我老爸就要我跟著他進豬屠學殺豬，十七歲我殺了第一頭豬！」驕傲的神情浮上了方型帶著油光的臉。

「你家那時候有沒有偷刣豬？」我拋出一句學來的語彙用以和他更進一步拉近距離，偷刣豬就是私宰。

「我家沒有偷刣豬啦。我阿公開始幹殺豬仔以後，就千交代萬交代不准我們家偷刣豬，不准和官廳作對。」再一次驕傲的神采出現在泛著油亮的臉，他驕傲我理應致敬的，卻失望之情難掩。我索性直白相告：「我非常想聽偷刣豬的故事，偷刣豬要怎麼樣躲過稅務人員的眼光……？這一定非常有趣！」

他想了想，報出了一個名號：原來住在隔壁庄，後來遷到城裡去的黑牛，是偷刣豬的專家，天天偷刣豬。可以去找他，他什麼都懂。

這是一條好線索，卓黑牛是私宰的專家。

我按照一個略帶模糊的地址一路尋來，卓黑牛的大名竟是一問三不知。

這個聚落起建超過四十年，黑牛是第一代住戶，當今人人不識黑牛是合理的。

頂著大太陽尋尋覓覓，問過十家以上，甚至刻意找老人家問，竟無一聽過卓黑牛其人。今天的田調行程看來要交白卷了，正準備鳴金收兵，遇到了一個適時而來的插曲，讓我瞬間由愁轉喜。

一位騎腳踏車好奇而停的老者，問我：少年仔你在問那個卓黑牛幹什麼？卓黑牛？不是那個刣豬仔卓黑牛呀？

是是是！把卓黑牛的名號和刣豬仔連上來，這下賓果了。

他搖搖頭，說：卓黑牛已經過往三、四年了！

過往就是逝世的意思，我還真是來晚了。

事到如此，且將死馬當活馬醫，孤注一擲的心情認真一問：「歐吉桑，我其實找卓黑牛先生也沒有什麼事，我只是聽說他以前是殺豬的，我想聽聽古早時代殺豬的故事。」

「殺豬有什麼好聽的？卓黑牛殺豬又沒有我殺得久，還找他問……」

啊，眼前竟是一位殺豬人，踏破鐵鞋尋不著，倒是自行送上了門！瞬間低盪到谷底的心情立刻回溫而且暴衝到頂。

於是，他牽車陪我走路，十多分鐘的距離，我們已來到他的家，原來從那個鄉下搬來城裡的人，有不少聚居於此。

精彩的對談於焉開始。

看來他是直白爽快人，我直接殺入正題。

歐吉桑名叫卓阿忠，有點好奇的是居然也姓卓。

彼個時代，殺豬仔沒有不偷刣豬的啦，說他不曾偷刣豬，都是騙人的代誌（事情）。

殺豬政府規定要交稅，屠宰稅，殺一頭從納一百多塊稅一直漲，漲到後來我記得是五六百塊，殺豬這樣甘苦的事，我們辛苦賺的比屠宰稅還少。政府一直剝削我們，能偷刣幾條豬心裡也快活一點。

繳屠宰稅我們叫做「篦豬」，在殺豬前一天，拿了錢到農會信用部去繳納屠宰稅，繳錢以後他會給你一張收據，這就叫做篦豬。篦豬好了，第二天去豬屠（屠宰場俗名叫做豬屠）一定要把稅單帶在身邊，沒有這一張就被當做偷刣豬，當場罰十倍稅。

稅務仔（稅捐單位的稽徵員）來到豬屠，我們乖乖呈上這張稅單在他監視下殺豬，然後他就拿起一個大大的印章，大約有一個麵龜仔（一種麵粉製作的年節祭品）那麼大的印章，在剛剛宰殺完成，屠體對剖連內臟也逐一完成清理的整頭豬外皮上密密麻麻從頭蓋到屁股，連豬肝、豬頭也要蓋。

稅務仔自己也覺得蓋章太辛苦太麻煩，常常叫我們殺豬的自己蓋，稅務仔站在旁邊抽菸、監看，最後在豬後腿上連同稅單蓋一個騎縫章才算完稅。完過稅，白白雪雪的豬蓋得全身花哩嘩剎，就可以拖到店裡賣了。

蓋稅印蓋得整條豬花哩嘩剎的原因，是豬肉零售時，每一塊肉都要看得到稅印，證明這是有繳稅的豬，而不是偷刣的豬。那個時代，賣豬肉絕不敢把肉皮剝去了，沒有皮就看不到稅印，無法分辨是不是私宰豬，被攔路查到還是依偷刣來罰。

最古早是一種顏色的油墨，後來設計成青和紅兩色，再後來裡面還設計了暗號（密碼），天天不同款，到最後，還發明了滾筒稅印，一列一列滾印在豬皮上，省工不少。聽說每一個稅務仔拿的稅印也不同款，因為怕刣豬仔偷刻，也怕稅務仔和刣豬仔串通作弊。有些稅務仔就是會偷偷和殺豬的人合作，一張稅單讓我們偷殺兩三條豬，這也是要在後腿肉蓋騎縫章的原因，用以確保一張稅單只能銷印一條豬。但我們還是有辦法串通，我們只怕他不跟我們合作，願意合作，什麼辦法都可以想出來。

怎麼和稅務仔合作？嘿嘿嘿……

你請他抽菸他會接過去，甚至直接朝你要菸，你把整包新買的還沒拆封的菸都給他他也收了，你大概就可以知道這就是可以合作的稅務仔了。

這次偷偷塞給他一包菸，下次偷偷塞給他一整條菸，給他一罐洋酒也願意拿，就好說話啦。

塞個小東西也只是先探探路，探出路來，大家一起偷偷摸摸和他合作。

最簡單當然就是一張稅單刣兩三條豬的，大年大節大家忙得亂七八糟，明明要殺五條豬，篦豬只篦兩條，殺完第一條趕快拖去賣，空出位置讓別人接著殺，然後在殺第二條時口袋裡放著第二張稅單，卻很有默契的還是使用第一張稅單來蓋豬屁股上的騎縫印，當然這騎縫印就要油墨少些，位置準些，下面還要墊一張報紙遮一下，每個肯合作的稅務仔都會這一手。

五條豬繳兩條稅，並不是太難搞的事。我們怎麼報答他們呢？最簡單的就是把豬肝、豬心提到他的車上去。心和肝是最貴最值錢的，還有腰子他們也喜歡，也有些則指明要生腸（豬的內生殖器官），我們也不想知道他這樣一個大清早裝滿了一大堆心和肝，回去怎麼吃得完！當然，偶而也有稅捐處上級的稽查人員下鄉來查查稅務仔有沒有和剖豬仔郎勾結？我們每一個剖豬仔的眼睛都亮金金，常常比稅務仔還早發現他的上級來了而趕緊給他打個暗號。然後還會故意向上級人員抱怨這個稅務仔一點都不便民……，我們曉得抱怨越多，便是越能幫小稅務仔塗脂抹粉。當年講究的不是便民，而是官威。稅務仔越有官威，上級越是認定他不會烏西[1]。

說來說去，這樣的偷剖豬還要損失豬肝豬心去孝敬稅務仔。我們另外還有更徹底的偷剖，那就是找個地方，直接在那兒把豬殺了，肢解了，分銷了。不到一個鐘頭就能把豬解體分賣光光。當然約了來買肉的人都是熟朋友、熟客戶，依約前來買肉時

1 閩南語的賄賂、行賄之意。

總會帶著麻袋布袋，或挑著竹簍竹筐，竹簍竹筐上頭還會隨便丟幾把菜，幫助掩飾一下。

偷刣最佳時機是在年節前一兩天，家家戶戶都要買進大量的豬肉，大家約好了，悄悄在約定時間到場買肉。偷刣豬的時間大約是子夜一兩點、兩三點，地點大都選在賣豬人家的後院，鄉下人住得散，在密密的竹籬圍牆下，或是稻草堆、菜園某個角落。三更半夜把豬抬到那裡，三兩下就把豬殺好、刮毛、解剖、肢解。老主顧一湧而上，一整個前腿肉、後腿肉直接秤了抬走，每個人少說也抬個三十斤肉走。有些買豬頭、內臟、豬腳、排骨，殺豬人手腳猛，一一依照指定切好、秤好，當然我們不會把帳本帶到現場記帳，都是隨便撕張日曆紙、包裝紙當帳本，客人無一不是老主顧、老鄰居、老朋友，在這裡買肉當然都不付現金，秤好斤兩逐筆記下帳就快速離開。沒幾下肉賣光光，地上血水沖洗一下，天亮時什麼也沒留下。

我們常常可以一個晚上連換兩三個地方，連殺三、四條或四、五條豬。年輕時力氣大體力好，貪著賺錢多，一整暝沒睡覺一點都不覺得累。

偷刣豬這款代誌從殺豬要繳屠宰稅以來就有了，稅漲得越多，我們就偷刣得越是努力，因為心中總是覺得政府搶我們的錢太多，我們多少偷他一點回來，一點也不覺得有什麼奇怪。

每一次屠宰稅漲價，至少三個月以內是偷刣豬偷得最熱鬧的時刻。偷刣豬最盛的應該是民國六十二、三年的時候吧，那時政府忽然規定所有的豬都不准在各地的豬屠殺，一律都要送到好幾十公里遠的電宰場去殺，這真是教人滿腹火的規定，一下子我們所有的刣豬仔統統失業了。我們殺豬一輩子，除了殺豬還會什麼？這不是存心要把我們弄得沒飯吃嗎？

政府要我們把豬送去電宰場給他們殺，一開始的時候電宰場沒有冷凍車，說是電宰衛生，再怎麼衛生，把豬肉和豬內臟老遠老遠運回來時早就不衛生了啊。新鮮的豬肉油亮亮的，肥肉雪白瘦肉鮮紅，而電宰場拉回到家的肉顏色黯黯糊糊，看來就是和死豬肉差不多。大家實在厭惡極了，所以我們就一直偷刣豬，一直努力供應以前那種鮮亮亮的豬肉給他們，大家歡喜，而我們也不覺得是在做壞事。

我們百姓要拜神，要還願，刣豬公時一定要保存一整頭豬，不能把豬頭砍下來，也不可以把豬剖成兩半，而是只剖開下腹部把內臟取出來，保留背部完整，這樣才叫做拜全豬。電宰場哪可能替老百姓保留全豬，他們一貫作業，該砍的砍，該剖的剖，我們偷刣豬，依照客人指定殺豬，常常還得保留豬背上從頭到尾巴的一整列豬鬃毛，那是祖先傳給我們的規定，電宰不管這一套，我們偷刣豬也是幫了大家的忙。

如果說殺豬不辛苦那根本是騙人的，只是誰不想趁著年輕多賺一點錢，早幾年退休早幾年養老享福？努力賺錢讓孩子們可以多讀一點書，長大以後也不必在豬屠裡踩豬屎豬尿過日子。我拿著刺血刀對準豬喉嚨要害一刀刺進去，刺了幾十年，刺過不知幾千頭豬了，每一次都還是會感到內心有一些些不自在。我真的不希望孩子以後也拿豬刀。

媽祖婆保佑，我的囝仔，我的孫子，統統沒有再拿豬刀的了。我有一個孫子還當大學教授咧！

你問我殺豬的人常常都平均年齡短些是不是真的？我今年九十二歲，不是還活得好好的嗎？你問那個卓黑牛，回去的那年是八十八，也不算短命啊。不過，我也有許多老伙伴，大約都在五十幾六十歲左右就轉去（死去）了，大部分都是腦充血，爆血管死掉的，可能是吃得太油膩，高血壓死掉了。人還是不要吃太好，最好要像野狗一樣有一頓沒一頓的，反而可以活久一點。

我怎麼保養的？平常吃得好嗎？我一天只吃一頓飯，早上隨隨便便有吃沒吃都無所謂，晚上也常常忘了吃，早就習慣了，我現在還可以騎腳踏車直直上虎頭山[2]，去到關聖帝公廟去向關公請安。那山路有夠崎，我看許多少年仔兩手空空走路都走得氣喘如牛，我騎腳踏車常常還載一大堆東西上去，輕輕鬆鬆。我到現在還可以騎腳踏車來回一百多公里，去八里找我的親戚、老朋友講話。

稅務仔其實也是很可憐，他們抓我們偷刣豬也是不得已的。他們吃公家飯，一定要替公家做事啊，願意和我們配合的，也只不過賺一粒豬心、一副豬肝，我們再多也給不起了，給更多那又何必偷刣豬？他們只拿一對心肝，冒那麼大的險，萬一被上司抓到也是會被判刑的。我們就知道有好幾個稅務仔都被抓到了，那也是可憐的代誌啊。而最可惡也最可憐的，是有一個我們叫他「臭屁仔」的稅務仔，最貪心，拿的最多，給他豬肝豬心他都看不在眼裡，一定要給現金才滿意。拿也就算了，竟然拿錢還抓我們，我們連連有兩個同業都被他設局抓了，你說這人多麼可惡。當然他可惡我們也不讓他好過，他有局，我們也有局，後來我們擺了一個局，讓他被調查局抓到了，人贓俱獲，後來被判五年，關了幾年出來以後有一次我們有人在大廟口看到他，頭犁

2 虎頭山，離桃園市中心近，因其山勢外形有如猛虎而得名。

犁[3]不敢看我們一眼。早知今日，何必當初啊，大家都是為了一口飯吃，留個後頭路人生才能走卡長啦。

偷刣豬是不好的，誰不知道！為了生活，也只好偷刣。啊偷刣就偷刣，別給稅務仔抓到就沒事啦。他們越抓我們越偷刣，和他賭賭看，一整個村子，一年偷刣不知幾百隻豬，有幾個人被抓到過？偷刣一百隻豬，或許只被抓到一次，這樣說，換做是你你會不想偷刣豬嗎？

我告別了阿忠先生，上了車駛向歸途。覺得此行收獲滿滿，忽又覺得腦袋一陣空空茫茫，不知是收獲了什麼還是失去了什麼。就如同貓抓老鼠，忽然弄得我傻傻分不清：究竟稅務仔是貓還是私宰的刣豬仔是貓？哪一方是老鼠？

沒有誰勝誰敗的問題，有的也只是曾經出現在某個年代的一個現象，一些已經逐漸模糊的陳年往事。

[3] 頭低低的，不好意思的樣子。

「圈仔內」的今與昔

全台灣最大規模的征地移民已經展開
且追尋幾件曾有輝煌歷史的桃園空軍基地古往事

一位當過立委的朋友常講這樣一句話：你們家門口許多車有什麼了不起，我們家門前啊，停好多飛機。

因為他家離桃園國際機場大大的停機坪只隔一座圍牆，從大門看出去都是飛機。關於飛機，我也有可以吹牛的。你們家門口停好多飛機有什麼了不起？飛機還停到我家屋頂上來呢。

那一年，真有一架飛機「停」上了我家屋頂。我這樣說是有點兒誇大了些，那屋頂下住的不是我們，住的是我們家的豬，因此只能算是我們家的一部分。而且停來的也只是一架飛機的一部分，如果整架都來了那就吃不消啦。

飛機跌倒了

我和飛機結緣已久，總有六七十年了。我一生下來就是聽著飛機聲，看著飛機長大的，我們家原來住在大牛稠，大牛稠是台語很大一座牛棚的意思，可想而知這裡原是一片富庶田園，水田多，自然養牛很多，牛圈蓋得大大的。

我們家最盛時期一共耕墾十八甲田，以今日周邊農田市價來衡量，可還真是億萬「田僑仔[4]」之家。家園後方，幾塊田之後便是兩條圳溝，一寬一窄，我們稱做大圳溝和小圳溝，小圳溝是農田灌溉圳渠，大圳溝其實是一條小溪，經整治之後成了我們家和「圈仔內」的天然地界兼機場的護城河。「圈仔內」是鄉人對大圳溝對岸那一座軍用機場的稱呼，不知是不是一種暱稱？鄉人對這機場愛憎交雜，無法明確的度量出究竟愛多還是憎多？

[4] 擁有許多田地，靠地價暴漲而致富的土財主。

我出生於大牛稠一棟我們喚做田寮仔的老家，童稚時期，天天看飛機起起降降，偶而會看到飛機飛著飛著就栽了下來。當時飛安極差，失事率高，摔飛機並非罕見，我記憶最深刻的一回是天上忽然掉下一個大餅來，那特大號的大餅一路盤旋打著轉飄墜而下，掉到機場的草地上還彈了個半天高，不久緊接著一架飛機遠遠從跑道頭衝來，這才發現它少了個機輪，機輪位置上只剩個鐵桿，一降落後鐵桿就像一支犁田的大犁在跑道上犁出了一條火龍，最後，飛機在跑道的一端爆炸了，濃濃黑煙直衝雲霄。那是我看軍機失事看得最真切也最驚心動魄的一次。

另一次軍機失事時我剛讀小學一年級，沒有看到它是怎麼掉下來的，回到家卻看到我們家豬舍沒了，只剩一片還冒著白煙的廢墟，這便是我說飛機停到屋頂上來的故事，幸好飛機墜落在離我們主屋一百公尺以外的菜園，碎片飛散四處，其中一大塊壓跨了豬舍，豬舍的茅草屋頂和土埆牆[5]都坍了燒了，幸好住人和住神的大廳、房間都安然無恙，人也沒事。

還記得那之後家裡連著亂了好幾天，人來人往、車來車往，好不熱鬧。那飛機

5 台灣傳統房屋常見的牆，主要是以稻草攪泥、經過充分陰乾再經日曬後所製成之土埆（或稱土墼、土角磚）堆疊而成，以此工法建出來的房屋叫做土确厝。

失事的現場有衛兵持槍守衛，鄉人卻不管這麼多，爭相撿拾殘骸變賣，每塊殘骸都能賣錢，大家搶得凶。我們家占了地利之便，寡居的家母個子雖最瘦小，力道卻不遜大丈夫，拎起鐵耙朝最大一塊鋁片狠命一鑿拖了就跑，衛兵在後頭追著，還頻頻高喊：「喂，不要把飛機尾巴拖走啊！」媽媽將它拖得老遠，藏在稻草堆裡頭，一陣風頭過後才挖出來賣給收破爛的，那筆買賣大概夠我們兄弟三人買好多套新衣新鞋了。

大人忙，我們小孩也沒閒著，飛機掉下來時機上的機槍彈炸得劈啪響好久，比過年的連環炮還響，響完，不炸了，大家蜂湧而上搶拾彈殼，家人搶到最多，槍彈中有的爆開了，有的還成排成串，我們便用各種器具去砸，讓它殼、彈分離，整整砸了幾天。當時不曉得怕，老天垂憐也庇佑著沒讓它炸起來，萬一砸著砸著炸開來，我們兄弟的小命早休了。

還有一次的失事事件是我念小五時，時間之所以記得這麼清楚，是因為飛機失事害得我們挨了老師一頓臭罵。

那天正在上體育課，眼尖的同學首先看到天空中一架拖著長長黑煙尾巴的飛機，大家的眼光緊緊追著它好一陣，直到遠遠看到它朝下一栽，噴起好大一團電光石火。

同學們拔腿衝去又衝回來，一面狂奔，一面大叫：「老師，不得了啦，飛機跌倒了！

飛機跌倒了！」

老師對飛機失事顯得淡定，獨對同學們這樣說話勃然怒起而一陣狂罵：「什麼飛機跌倒了，五年級了還這麼沒知識！」天曉得包括我這作文優等生在內，人人都搞不清楚老師何以生氣，我們究竟說錯了什麼？

機場的牆裡牆外

小學二年上學期以前，我們一直住在田寮仔老屋，四面田園，幾個月偶然上街買根冰棒、買包「柑仔糖」就是最大的享受。小二那年有許多可以紀念的，第一是田寮仔老家沿路架起了電桿，家裡有電可用了，不再夜夜點煤油燈過那種入夜之後就只剩一燈如豆的日子。第二是客運車開了桃園大園線，放學時在路上難得看見了大汽車，還追著石子路揚起的漫天泥灰，跑上長長一段引以為趣。

而其中最大的事是我們的田園在軍用機場一再擴建之後，那一年終於被征光了，十八甲田征得只剩一分多地，全家只好遷到小街上，負責全家家計的祖父改行殺豬賣豬肉，叔伯輩勞燕分飛做各種不同行業，我也隨著住到了小街來。

我說我們家擁有十八甲田地固然是事實，其實也不能算得上是「田僑」之輩，我們本只是佃農之家，先祖父相信了當地富農之言「日本人都戰敗了，太平了，機場不會再有用了，遲早要廢掉」，借貸巨款向那位富農買了大筆農田，沒想到後來機場卻三度擴建，像切香腸般一大塊一大塊征走了我們的田園，我們所領到的補償費全部用以償債，根本還不夠還。

我住到了小街，一直到六年級，一位眷村出身的汪老師帶著我和其他三位同學，進入空軍基地的中正堂看電影，才算重新踩上了老家的土地，但田園已毀，面目全非，不復辨識了。

那一屆我是三個縣長獎得獎畢業生之一，三個得獎人統統考上「省中」，其他少數幾位同學考上了縣立初中，或私立初中，有三分之二的畢業生就此與學校無緣，工作去了。

我雖考上了省中，卻因貧窮而念得十分吃力，連一個月四十八塊錢的公車月票都買不起，只好鑽鐵絲網進空軍機場，搭要進城的軍車上學，回家再逆向攔軍便車回家。當時的空軍機場哪個地方圍牆有破洞，我肯定比「匪諜」還清楚。

搭軍車大部分遇著的都是好心的老士官司機，會隨著我的招手把車停下，但偶而也有被趕下車的，「你不是軍人子弟，還混進來搭車！」被轟下車後只好走路，或等待下一位好心司機。而往往攔到的車並非一站到位，有時上一趟學，得換好幾次車，因此上學上得離離落落，老是遲到。

最慘的是有時圍牆的破洞被補好了，沒洞可鑽，只好繞遠路從埔心走到接近大竹的大營門外等車，那座大營門叫做光華門，現在已拆了。我長大後在媒體服務時，有一次被歹徒飛車追殺，我搭的計程車一路逃竄，情急智生，我要司機衝進光華門裡躲了一場。雖然後來驚動機場警衛高層，卻讓我躲過了一劫。

當年天天繞遠路也不是辦法，後來我竟異想天開，借了同學的搭車證（眷村子弟有學生專車可搭，憑證搭車，我雖不敢和他們擠學生專車，有了證，卻可混過營門警衛，冒充軍眷學生進營門），依樣畫葫蘆畫了一張，居然騙過數不盡的衛兵，順利混進了空軍基地去攔便車搭。當然，使用假證件是內心忐忑不安的事，看著衛兵亮閃閃的刺刀，真擔心被他發現了而一刀刺過來。

攔軍車上學整整攔了一整個初中三年，和一年半的高中，箇中酸甜苦辣，真是一言難盡。最難忘的有一回下著滂沱大雨，偏偏手上拎著好幾打用瓦楞紙盒裝，用草繩綑綁的玻璃杯——那時家裡開一個小小五金店，我不但省下公車費，還想賺貨運錢，常常在回家時順便到桃園市賣五金百貨的中盤商處批回來一些茶壺、水桶、臉盆之類貨物回家賣。那天的大雨搞得我渾身濕也罷了，還搞糊了瓦楞紙盒，我攔到了一輛高大的大卡車，拎了幾打玻璃杯掙扎上了車，一路淋雨回家，路過我要下車的中正堂站，風大雨大，怎麼吼也沒能讓司機座裡開車的老士官長聽見，就錯過站了。遠遠營門衛哨前，我看到一個身影，似乎正是老媽來接我吧，但我停不了車，繼續被往前載，載到建國九村才下了車，可慘裝玻璃杯的紙盒早已濕透爛透，狼狽的撿拾下車，像章魚般環護著杯子、吊掛著書包，在大雨中走向回家的路，一直走到中正堂那個營哨，才和撐著傘抱著雨衣佇候多時的母親會合，那時已是深夜時分了，我們母子倆都還沒吃晚餐，真是又冷、又餓、又疲累的難忘一趟。

古往今來多少事

幾年前有一天我行過機場鐵絲網外，忽然聽得奇特的陣陣震耳欲聾引擎聲響。與機場為鄰久了，早已聽懂各型飛機的語言。開始學著聞聲辨識的年代大約始於初中那段日子，當時機場主力是F-86型軍刀機，起飛前引擎發出來的聲音單純只是刺耳的嗶嗶巨響；後來出現過的戰鬥兼輕轟機F-100，發出的聲音是一種嘶吼似的破裂聲；有鐵棺材之惡名卻飛得奇快的F-104是一種尖頻率的嚎叫聲，嚎叫還會有間隔，第二次間隔之後飛機便轟然飛衝騰空而去。美方直接控管而由我方飛行員執行飛行及偵照任務的U-2高空偵察機，無論起降都會發出極尖也極細的嗡嗡聲，起飛時短跑道衝上一小段之後，四十五度仰角拔地而起一飛沖天，幾十秒鐘便因已衝上雲霄聲音也停歇下來，降落則得盤旋再三，往往那高頻率的響聲就在天際響個十幾二十分鐘之久；如果與後來偶而停駐於此的幻象2000及F-16相比，曾長期駐防於此的F-5系列聲響算是中級噪音而已，實在無法想像幻象2000及F-16所長期停駐的機場周邊，人民的忍功有多強，因為軍機的引擎聲可不是一般好受的，尤其這兩款，真會吵到教人瘋掉。

我生也晚，開始注意到這機場的飛機始於一種「士」字型的噴射機，不記得它的機型機種編號，初始印象好像是F-22或F-24，但這兩種機型目前已是美方最新戰機之一，可見戰機型號周而復始又來上新一輪了。總之，那種「士」字型飛機的長相就如同目前國軍還在使用的T-33。當軍刀機出現並逐漸取代那種平行機翼的噴射機後，我們替有著一對後掠翼的F-86軍刀機取了名稱，叫它「挾翅仔」，意思是像鳥一般把翅膀夾著在空中飛。

其實，桃園空軍機場始建於日治中期，負責日本政府在北台灣的空防重責，二戰末期地位益形重要，但在美軍節節進逼下，機場時時暴露於美方轟炸機毀滅性轟擊圈之下，一度連機場周邊埔心小村街心的福隆宮大廟，都被美機的機槍掃射得彈痕累累。日方為了保存戰力，每當偵得美機來襲的情報，立刻動員地方「壯丁團」，組隊徒步將軍機沿著公路推到三公里外的大園尖山藏匿。尖山是大園鄉海拔最高的土丘，也就是日治時期發現史前遺址所在，自日治時代即設有大園國民小學前身的大園公學校，學校本身林木蓊鬱，周邊密林叢聚有如一座小山，軍機藏身於樹林裡頭躲警報，迄今大園國小圍牆旁還有土築簡易機堡殘跡，大園國小校園裡另有一個碟狀凹陷處，是一場空戰中軍機墜毀的殘址，但如今已難辨識。

除了尖山，有些戰機也被疏散到機場周邊農家防風竹林內。當年參與推戰鬥機的壯丁團團員目前多數已經凋零，有些也已垂老，除了推過飛機，甚至還參與過抬石頭、鋪跑道基礎的工程，談起當時「盡忠為國」的故事人人還是眉飛色舞，真如葉啟田先生的一首老歌〈故鄉〉：「叔公講日本時代他尚介勇」。據耆老口傳，駐在這裡的日機便是赫赫有名的零式戰鬥機，是耶非耶，我也只能列為「待考」了。

日本戰敗，機場移交國民政府之後，國府三度擴建的事實，說明了這機場在台海兩岸關係緊張中日益重要的地位，但隨著兩岸戰力逐漸失衡的事實，以及新的戰略思維考量，國防布局有了新的因應和調整，最後那一批F-5系列，以保存戰力避過第一擊的理念移防東部，軍方並未以二代機前來替換，整座機場一度只剩少數警衛部隊象徵性駐守，難怪那「奇特的陣陣震耳欲聾引擎聲響」傳來，立刻吸引了我的眼光。

這隆隆聲響分明來自螺旋槳引擎，而且一聽就肯定不是單引擎，一定是複數的二以上引擎機種，這讓我首先想到的是昔時我曾多次搭乘的C-119「老母雞」運輸機。老母雞年齡大得嚇人，飛機上沒有空調，艙壓也呈現原始狀態，冬天坐起來只覺冷風刮耳，老機工人員都曉得冬天出勤一定要穿上四五六件厚棉褲才行。可是，許多年都不曾見過老母雞了，這幾近荒廢的老機場，幾時來了老母雞？

遠遠一看，跑道頭一架藍白雙色的，體型看來比老母雞還要笨重的老東西，正在跑道頭升火待發。可是這升火也未免升得太久了吧，搞這麼久才飛得上天，真要作戰，人家豈不是用機槍就可以把你打了個稀巴爛？何況引擎聲還如此之吵，簡直聲傳十里，好像大聲吼吼著我就在這兒，來打啊來打啊！

查了一下圖鑑，原來果真老東西，是一架五十年以上機齡的反潛機，人家還在第一線服勤著呢。

它隸屬於海軍，曾幾何時這空軍基地變成了海軍基地了。

未來式的夢幻進行曲

海軍航空基地的日子可能不久了，因為這機場將為成就另一座機場而消失。與它相鄰而年齡小了它至少五十歲的桃園國際機場行將擴建，整個桃園市被畫大餅似的畫出了一座好精彩好可觀的超級航空大城。航空城計畫啟動之日，也正是這座空軍，不，海軍機場的結束之時。消息靈通人士的說法是，整座軍用機場裡頭將有綠線捷運穿過，並且設立兩站，此地距高速公路大竹交流道僅五百公尺，距高鐵青埔車站只一兩公里，距國際機場只一公里半，放眼北台灣，堪稱是難得一見的新市鎮首選美樂地。

是耶非耶？傳言沸沸揚揚，美得如夢似幻。如果一朝夢幻真成了真，這兒不再停軍機，要停滿名牌汽車了。

村落小鎮的「仙仔」謝醫生

小街還在
小街人家已隨歲月物換星移

我小時住在一個小小村落裡，橫直各一條小街，一共也才幾十崁店。我的活動範圍極為有限，畢竟彼時我年紀還小，看到的世面小，即使短短一條小街，知道的、認得的也才幾戶人家。

小鎮一位謝醫生

謝醫生是小街上很重要的人物，因為掌管小街男女老幼的健康。小街上靠近天主堂那一頭另有一位姓吳的醫生，不知其名，我只記得家人和鄰人都叫他吳木光仔，就如同謝醫生也有人叫做謝仙仔，在台語中尾音加了個仔往往帶著一些輕蔑意味，例如叫警察是很正經的，叫警察仔就不敬了。但我始終尊稱謝醫生，不曾人云亦云叫謝仙仔，因為我十分尊敬他，同時也帶著敬畏，畢竟生病要打針或是打預防針都必須到他那兒打，我非常怕打針，往往苦苦哀求可不可以改為吃藥。

大人小孩生病都得找謝醫生。我記得考上城市裡的省立初中開學沒多久，就向媽媽抱怨雙腳疼痛，媽媽擔心發生了什麼事，急忙帶我去謝醫生處看病，脫下鞋，先把他大大嚇了一跳，咦？腳背上怎麼有一個隆起的肉塊呀？

他要我再脫另一隻鞋，發現了同樣的像皮膚下藏著小饅頭的肉塊，他露出稍稍放了心的表情，但還是不敢掉以輕心，在隆起處揉揉、捏捏，問疼不疼？再問隆起有多久了？我告訴他很久很久，久得連自己都不記得，他再朝我脖子周邊捏捏，最後還殷殷交代媽媽持續注意一下這肉塊有沒有繼續再長大，才讓我們走人。

但我們是來看腳疼的問題啊，謝醫生於是要我坐回去，又一番看看捏捏，忽然問媽媽：嘿，你們家不是有一個考上省中的嗎？就是他嗎？老媽連忙點頭稱是，只見謝醫生笑了：腳沒有病啦，一定是念那個初中，下了客運車要一直走到快到神社了才到學校，走得太累，腳也痛了，沒事沒事。

我頓時感到真是糗斃了。

但是從這件小事也可以看到了謝醫生是多麼的仔細，絕對不是頭痛醫頭、腳痛醫腳的蒙古醫生。

昔時醫生大多是師徒相傳制，年輕人有了基本的學識常識知識之後，便到藥房去見習，先在藥房學調劑處方、包藥後再學打針，有時還協助清創傷口、縫合外傷。幫著幫著，學到了一招半式便自行開藥房或診所。這樣背景的藥局或診所幾乎比比皆是，但謝醫生是政府聘任的合格醫師，職銜稱做埔心衛生室保健員。

出身背景不講究的年代，醫生固然出身良莠不齊，老師也是如此，有許多老師永遠操著濃濃的鄉音上課，學生一直到畢業都聽不懂老師究竟說的是什麼，也有許多老師則是從學校裡幫人煮開水送茶水、打上課下課鐘的工友，直接補上老師的缺執起教鞭的。

我當年其實不知謝醫生究竟什麼樣的出身、養成，直到後來稍知醫療常識時，才知道身體某些部位不明不白出現不痛不癢的肉瘤腫塊是絕對要提高警覺的，有可能是如今人人聞而色變的惡性腫瘤，謝醫師真是學能專精的良醫。

我的阿公是非常仁慈也非常能幹的好人，晚年不幸得了惡性腫瘤，謝醫生便是第一位發現者。可歎的是阿公忍功一流，身體不適也不求醫，當他給謝醫生診察時已至末期，難以治療了。

阿公去看謝醫生，謝醫生很快就發現應是罹患了癌症，再在頸部一番拿捏搜尋，發現癌細胞已經擴散至淋巴，立刻要我們迅速前往大醫院再做追蹤檢查及治療。謝醫生唯一失手的是誤判阿公胃癌為肝癌，這不能怪他，直到到了台大醫院，我們才知道阿公竟是臟腑左右異位者，這是極其稀有的病例，難怪讓沒有X光設備的謝醫生誤判。

後來阿公曾住在台大醫院一段時間，我永遠也忘不了住的病房是5C511號房。那時沒有健保，醫藥費於我們而言極其昂貴，後來我們再也付不起，只好拿了止痛藥返家，疼痛時請謝醫生前來注射，後來改由才年長我兩歲的哥哥代理醫生為阿公打針，阿公在家裡狹窄幽暗的臥室中渡過了最悲慘的最後一段日子。

謝醫生屆齡退休而結束了診所時，那位吳木光先生差不多也同時離開了小村，此後小村再無醫生，也無藥局迄今。

謝醫生的長子曾是我小學同學，但為期不長，偶而我們不因看病而到他家嬉玩，磨石子的地板和考究的樓梯，印著花紋的牆壁以及懸掛著窗簾的窗子都給我留下極大的印象，在我們的心目中，那便是豪宅的形狀了。

結束診所之後謝醫生一家遷居桃園大街，偶然還會和先生娘一塊兒回來小村和大家坐坐、聊聊，現在年事已高也已多年不曾回來，失去了近況。

當保正的清國伯

清國伯曾是我們的緊鄰。緊鄰，而非芳鄰。

他曾是日本時代的保正，今之村里長之職。今之村里長，是公僕中最基層者，站在為民服務的第一線，靠選票出任，因此除了服務要好，還要時時有笑容、保持親民愛民形象，以確保職位不被他的選民淘汰掉，日本時代的公僕一律官派，仰仗上司授與權位，唯上意是聽，勤政愛民者固然有之，官腔官調耍官威如虎威者也不乏其人。這都是上一輩告訴我的。余生也晚，未曾親睹，見也只見過日本人撤走之後的幾個「前保正」，清國伯是其中之一。他在位時是什麼樣的態度我不知道，他因終戰解職之後的樣貌倒也不算可怕，只是表情嚴肅，也很少開口，看來威嚴而已。

一聲吆喝樓上幹嘛

這件事已有六十年，如今想起還會覺得既好笑，又恐怖——好笑的是那一聲尖銳而拉了長音的「樓上幹嘛——」巨吼，恐怖的是那聲如雷巨吼之前數十秒，我一條小命差些就在不明不白之下死掉了。

阿公在小街的街心位置擁有兩個店面，其中一間傳承給我們二房，另一間傳承給老六，我的六叔。

我們這一棟當時住著三嬸一家，樓下租給人開撞球店。六叔那棟，樓下租給一位外省老婆婆開茶店。

阿婆開的茶店是真正賣茶的店而非什麼女人陪侍的花茶室。老婆婆在店裡店外擺了許多木桌、藤椅，讓客人進來喝茶。客人大多都是外省阿兵哥，幾乎不曾有女客上門喝茶。客人進了店找個空位置坐下來，就叫了壺茶沏著和朋友同享、聊天，往往一坐就是老半天。比較常見的喝茶小點是佐以瓜子、帶殼花生，甜食倒不常見。我實在弄不清楚這樣光是喝茶聊天閒坐有什麼樂趣可言，如今回想，其實那便是彼時的咖啡文化，只是飲品是茶而非咖啡，現代人在星巴克路易莎一坐老半天，聊些有的沒的，還不是一樣。

樓下出租，樓上住的是六叔一家。六叔另在約一百公尺外租了一個店面開照相館，和我六嬸往往很晚才回來睡覺。

有一天我們幾個玩伴從屋外玩上了二樓。在屋外玩的是滾鐵圈的遊戲，把粗鐵絲彎出一個彎，鑲在竹杆上做成工具，再另外找一個鐵圈來，用這工具推著鐵圈讓它滾著跑。身手好的人，可以沿著路滾圈圈，滾上老遠而圈圈都還能維持著平衡前行姿態，像我這種身手差的肉腳，圈圈能平穩朝前跑上三五公尺就偷笑了。

樓下滾圈圈滾得開心，因為鄉下寬敞，愛怎麼滾就怎麼滾，但到了樓上，因是木板的樓地板，滾動鋼圈發出聲音太大，樓下阿婆三不五時就拉高嗓門吆喝斥責，弄得大家玩興盡失，無聊中，我拿著那個竹杆鑲鐵絲的滾圈圈工具走向窗前，窗戶非常之大，一方面也是無聊，一方面則是隨興好玩，就把竹杆朝大窗伸了出去。

窗外有兩條電線橫著掠過。

我的竹杆加鐵絲正好跨在兩條電線之上。

只聽啪一聲，強烈閃光一閃，激出一道疾如閃電的火花，還沒來得及搞清發生什麼事的剎那，我手持那根竹杆前端的粗鐵絲已化為一陣白煙，再迅速變成灰燼掉落下去。

我驚呆了，不知道灰燼是掉在桌上？椅上？地上？還是喝茶客人的身上？但很快傳上來阿婆如雷般驚叫：樓上幹嘛——

這個幹字發音是敢，嘛字則拖著長長的尾音，高亢、驚人，可能一整條小街都能聽到。

她還繼續怒罵著長串我聽不懂的話，後來有沒有向六叔告狀我倒是不曉得，我被嚇得躲了好一陣子才偷偷下樓溜走，當時只怕被罵，真正該怕的反而不明白去怕，倘若那鐵絲一頭不是竹杆，而是通根都是鐵絲；倘若我手握之處是鐵絲而非竹杆，我當下就要完蛋了。

阿趖伯公和清文叔

阿趖伯公據說和我阿公是結拜兄弟，好像還有親戚關係，所以我們兩個家庭好幾代都一直滿親的。

阿趖伯公家開柑仔店，賣糖果餅乾金紙香燭肥皂烏糖……，我們家也開柑仔店，有些貨色相同，大致上還是有些不同屬性，他們家賣的糖果零食為大宗，而我們家賣的以家用品為多，例如臉盆水桶碗盤玻璃杯之類。由於兩家感情濃篤，倒也不曾因為互相競爭搶生意而不愉快。

阿趖伯公身體一直不很健朗，走路極慢，一步一步緩緩挪移，也長年有咳嗽的毛病。我到他家買東西幾步路就到，最常買的是三毛錢、五毛錢一小包的炒花生，或是幫阿公打一碗酒回來。他們把酒儲於甕中，用包著布的甕蓋仔緊緊蓋著，賣時打開蓋子，用長柄杓杓起來，論杓計費。我捧著大碗公去買，雖頂多只買半碗公，卻捧得小心翼翼，唯恐打翻。

兩個酒甕分別盛著兩種酒，阿公買的是太白酒，另一種是米酒。偶而祖母來了也會叫我去打酒，祖母喜歡米酒，有時直接喝，有時拌飯。有一回她給我喝了一口，差點把我嗆倒。她用米酒拌飯時不用配菜就可以把飯吃完，看我好奇，米酒拌飯時刻意再添一把砂糖給我，嗆嗆辣辣卻帶著難得的甜味，是一種難忘的滋味。

更早，我大約四歲或五歲就曾碰酒了，偷喝。大人偷釀酒，小孩偷喝酒。

那是老家還沒被軍用機場擴建工程征取的時代。暱稱為田寮仔的老家是一座右伸手型一正廳一護龍的L型土埆磚和瓦片混合建造的建築。家中大人把私釀的酒偷偷藏在神桌下，上頭用許多東西層層蓋住，有一天媽媽到河邊洗衣，阿公向例一大早出門到小街做生意，我們兄弟三個把覆蓋的重物逐一卸下，偷偷弄出了酒，結果，媽媽洗好衣服回家，看見的是三個紅著臉、掛著呆滯笑容酣睡不醒的小屁孩。

釀私酒是重罪，我們的田寮子座落於田中央，釀私酒很安全。只惜自從搬到街上後就無法私釀了，阿公只好要我們到阿趖伯公家沽酒喝。

阿趖伯公雖然身體不夠硬朗，仍享高壽。他的柑仔店隨後交給兒子清文叔接管。伯公有兩個兒子，老二在小學當老師，非常具有威嚴，和學校裡另一位黃老師、一位陳老師都是我小學時代懼怕的人物。一年級時我曾看到一位老師處罰一個瘦小又駝背的同學跪著舉椅子一整節課，也曾看到老師喜歡擰同學耳朵、打同學手心甚至罰跪、打屁股來處罰學生。老師雖凶，幸好我受處罰次數少之又少。

清文叔是好脾氣之人，我從未見過他說一句重話。

我阿公過世之後，雜貨五金店由媽媽經營，每當中盤商來收帳，常必須開支票付款，由於不曾和銀行或農會等金融機構打過交道，我們家從未有過支票，都是由我去向清文叔借用，借支票如果沒有如期付錢兌現票據主人是要吃上違反票據法罪責，嚴重時是要坐牢的，清文叔明白，卻從不曾有過一次拒絕。每次去借，他便打開厚重的木造大錢櫃，取出支票簿、印章，仔細書寫，至少一個字一個字仔細核對三遍以上才小心翼翼撕給我。那些年中，我們向他借支票，少說也有幾百回。

清文叔的太太叫做阿秀，長得清秀美麗。他們的子女有當老師而嫁給校長的，有嫁給報社主任為妻者，也有開工廠的。清文叔、清文嬸相繼過世之後，店子交給長子時舜夫婦經管，時舜是我小學同學，曾在客運公司當過站長等主管，他和弟妹們個個都傳承了厚道、無爭、守分的家風。我最感念感恩的是清文叔長年對我們的照顧，可以說是我們成長時的大恩人。雖然我們借支票無一次逾越回存現金的時間，但畢竟這是極其讓票主忐忑之事，我真不知道清文叔背後為了出借支票而擔了多少心！而除了借支票，清文叔待我們更是極其寬厚，處處照應，視我們為一家人。

母親在先祖父離世後接起小店的棒，我們兄弟也在店裡盡著小幫手的責，就這樣讓我們多少也讀了幾年書，認得幾個字，而後得以找到工作。如果沒有清文叔的幫助，我們的小店不知在經營上會增加多少艱苦，或許我會更早離開學校。

曾大人開浴室

曾大人曾在日本時代當過大人，日本時代「大人」的意思就是警察，那時代警察是十分威風的。據說有一天他在埔心大池塘環塘長堤上散步，遠遠的有兩個村人迎面走來，見了他，嚇得噗通噗通兩聲先後跳進池裡。我慢慢長大之後，和他再談起這一段，問他為什麼那兩人要跳進水去？他笑笑回答說：大人來了，要閃路（讓路）呀。

那時代警察抓到小偷先一頓毒打，打得祖宗八代幹過什麼都招供出來。有時甚至是吊起來打，打到大男人都尿褲子。

我有記憶後認識的曾大人早已不當警察了，日本人早已因戰敗被送回日本國。曾大人不再當大人，在家賣建材，磚瓦水泥合板油漆無所不賣，客人大都拉著叫做利阿甲的兩輪人力車來把所購建材拖回家。生意好時，門口總常停著好幾輛利阿甲。

曾大人住我們正對面，他的建材店面很寬，一旁還有一間大約是十二或十四尺面寬的較小的店，做的是浴室生意，我曾和阿公進去洗過幾次澡，印象比建材行深上許多。

浴室當時叫做呼嘍間，大人都這麼叫，我們也跟著這麼叫，沒有人叫浴室，也不知浴室的台語該怎麼翻譯，許久以後才曉得浴室的台語叫做浴間仔，呼嘍間是日文台語混合的名稱。

浴室的正門是一種推向兩側的格子窗木門，白天門扇朝兩側推，晚上才拉過來上鎖。我們平常幾乎不曾進門過，只在偶而阿公忽然呼喚我們去洗澡囉，我和兄弟才會跟去。或許當時的計費方式是數人頭的，阿公讓我們陪著去享受有點兒像是夾帶著黃魚，所以也不敢三個兄弟一起帶進去，而是輪著這一回哥哥下一回弟弟分次陪著去，我最受寵，去的次數也最多。

一進門有一塊大大的木屏風擋在店面門廳正前方，這是一塊極大的木材橫切面，上面還有層層年輪。當時感覺真是碩大無比，幾十年後視野大了，回看已因浴室停業而失去作用被擺在房子一個角落的屏風，竟然覺得小不拉嘰一點兒也不再壯觀。

屏風裡，左右靠牆處各置一張大約可容二人同坐的小型靠背椅，那是昔時高檔罕見之物，有時浴室客滿，客人就坐在這兒等候。

老闆曾大人或是曾太太或是他的小孩收了錢，我們便可以朝裡走，進到指定的浴間。一整排浴間下層以水泥上層以木材做隔間，每次去連走道都是煙霧蒸騰，漫湧整個通道。

或許那個年代家家戶戶都和我們家一樣，家裡沒有所謂浴室這種東西，洗澡時便用大臉盆盛了熱水蹲坐在廚房一個用水泥鋪出來的小平面上洗，既無浴室，當然更無浴缸，沒有泡澡的機會，花錢去浴室洗澡，享受的就是泡在熱騰騰水中的快感。

除了和阿公去曾大人家的浴室泡澡，童年我另外的泡澡經驗是前往祖母家，祖母家有一座燒材的木頭澡缸，洗澡時，另有人在澡缸下朝鑲在下方的柴爐添柴火以保持洗澡水的熱度，看來有點兒像是煮人。我曾泡過幾次，倒不是享受泡澡的樂趣，好玩的成分居多。

阿公和祖母分居數十年，我們和阿公住，祖母和我的大伯父、屘叔[6]住，我們難得去一趟祖母家，泡在那種煮人浴缸的次數寥寥可數。

像是要泡夠本似的，阿公每次到曾大人家泡澡總要泡很久很久，我們覺得無聊，大多會先把衣服穿了自個兒過馬路回家。成年後才知道這種澡堂傳承自日本時代習俗，日本人愛泡湯，我們小村沒有溫泉，卻有兩三家浴室。小村居民無多，可以養得

[6] 小叔叔。

起兩到三家浴室，可見日本人留下來的這種泡湯文化之盛。

不再當大人的曾大人幾十年來一直維持著大人的威儀，當他偶然和客人聊到開心，笑聲是一種仰頭呵呵呵的持久式笑法，好像也帶著幾分威嚴。我成長到國中年齡之後他開始和我維持著一種忘年交的情誼，常和我東南西北一聊就是老半天，在晚年時他熱心寺廟事務，時時遠赴林口一座大廟參與廟務，據說還擔任某種高職。

曾大人因病逝去已久，他的太太年輕時皮膚白皙，身材高眺，長相柔美，是小街上的美麗貴夫人，迄今年近百歲依然十分健康，我們現在不敢祝她長命百歲，早已改口祝福她呷百二。我們這個小村街九十好幾高齡而身體依然勇健者非常多，曾有來小街擺攤的流動攤販和我聊起這個話題，說我們這裡是一個長壽村。我好奇的是空氣汙染、水汙染、噪音汙染如此之甚的地方，竟也可以是一座長壽村，倒也真是玄奇。

我與黨外叔叔歷經的政治

白色恐怖充滿的年代
黨外多少故事

一　彼一暝落著小雨

下雨天。

我和叔叔趁著雨夜，偷偷摸摸出去貼小廣告。

我們已連著貼了好幾天，所有的廣告單其實都取自中壢市的競選總部，所以嚴格的說並不是小廣告，而是競選傳單。總部把傳單擺在桌上任人取閱，白天總部人潮如湧進進出出，我們取了一些傳單，趁著暗夜到處貼。

我們是這一場選戰的地下志工，候選人不認識我們，也永遠不會曉得我們幫著他貼傳單，整個競選總部的人也不會知道。我們是純志願出來幫忙的真心志工。

今晚要貼的是「退出國民黨聲明書」，毛筆字寫的，白紙上只有黑色的字，和總部裡所有的傳單都一樣外型印得極其素樸。直到後來我才聽說這一份傳單是「大魏」魏廷朝先生寫的，那時我才讀小六，即使知道誰寫的也沒什麼差，因為我不知大魏何許人也。只因看得懂傳單裡的文章，看得血脈賁張，非常激動，當叔叔又要連夜出擊，我立刻要求陪著去。直到現在將近四十年了，我都還能背出其中若干句。

叔叔有沒有和我一樣心情激動我無法確知，他是一個喜怒哀樂不形於色的人。

偷偷貼競選海報，倒不是怕被環保局控以妨害環境衛生之罪名而開單罰錢，而是怕著一種無名之怕。叔叔是公務員，公務員沒人敢替黨外助選，貼傳單都不敢。

許信良原是國民黨黨員，國民黨提拔他競選省議員並大力輔選，他也不負所望順利當選為全國最年輕的省議員，之後他在省議會力求貼近民意而乖違黨意，提出許多興革之道，甚至將問政內容一一書寫成文章發表，還結集出版《風雨之聲》，震驚政壇，最後又再接續出版一本《當仁不讓》表明心跡，違犯國民黨黨紀參選桃園縣長，終於被國民黨開除黨籍。

那一張脫黨聲明，便是在這種時空背景下出現的，對小六的我而言真覺得至情感人，句句直擊我心深處而為之感動不已。

雨夜中我們沿著110號公路貼傳單，從桃園市永安路朝大竹的方向貼。拿來的傳單並不多，得珍惜使用，叔叔騎著摩托車載著我，兩人都穿著雨衣，遇到合宜的牆面就停車迅速貼上一張，有的直接貼在電線桿上，最刺激的是貼了一張在埔子派出所大門永安路旁的電線桿，一張在大竹派出所一棟靠大竹路的警察宿舍牆壁上，這簡直是老鼠在貓脖子上繫鈴鐺的事，我貼得雙手發抖，心跳如鼓，也無法想像在那種氛圍之下被逮捕會遭受到什麼樣的命運，那時刻我只覺得，我做的是正義之事，即使會被拖去槍斃我也甘願。這兩個派出所天亮之後見了傳單會是如何的反應呢？這件事是我首度公開，如果當年警員因疏於防範竟被「萬惡的黨外」在家門前偷偷貼了傳單而受到懲處，我得向他們補上一聲遲來的抱歉。

只是貼張傳單，有那麼嚴重嗎？

那時整個桃園縣都為了選舉而沸騰，許信良執意參選，國民黨憤怒已極，發動一切力量來加以圍堵、圍剿，街頭巷尾處處都是大字報，痛罵許信良是忘恩負義之徒，是煽動台灣社會動盪的罪魁禍首，甚至是共匪的同路人。除了大字報，還有各種漫畫、文宣。在學校裡許多「忠黨愛國」的老師也不時利用機會，向小朋友介紹國民黨提名的歐憲瑜之優秀有為，而許信良之忘恩負義是多麼可惡、可恨。

歐憲瑜曾任中壢市長，這一輩子最後悔的事，或許是獲國民黨提名參加了和許信良對戰的縣長選舉吧，他絕不是壞人，甚至，他其實也是沒有什麼瑕疵的好人、好公務員，只因接下黨所賦予他的任務，不但踢到了大鐵板，反彈所受之傷，想必更是大大影響了他後半輩子的生涯。許信良在這場選戰中獲得壓倒性勝利，所有票投許信良的民眾，無疑的把對國民黨之痛恨和不滿一一轉嫁到歐之身上，對於一介守法公僕歐憲瑜而言，真是不可承受之重啊！

叔叔和我沒有血緣關係，只因看來年紀比我父親略小些我便以叔叔相稱。他也是公務員、小主管，一個兢兢業業老老實實的公務員，我真不知他在何時變成一個黨外或黨外支持者的。有一晚我在他家中看到一本黨外雜誌，那時開始出現黨外雜誌，種類漸多，大多只要一出版就被政府查禁，但民間總有偷偷買到的管道，也私下偷偷流傳，我看到的究竟是那一本已完全不復記憶，但那裡頭的許多篇文章瞬間重擊我之心靈，我幾乎當晚就看完半本以上，對於雜誌裡頭黨外世界的各項論述，以及批判國民黨執政之惡的所有撻伐指摘幾乎照單全收而烙印心版。叔叔並沒有制止我，也沒有鼓勵我，似乎彼此心照不宣，之後我成了他的小跟班，週末和星期天常常和他到處走走看看，這也是我父母親幾乎毫無所悉的我跟叔叔之間的祕密。

我的父母親都是老師，也算得上是「忠黨愛國」的「國民黨鐵票部隊」，他們真的不知道我的一切嗎？選舉時他們真的是國民黨的鐵票嗎？我隨著年紀越大越是懷疑他們的政治傾向，但父母親和我始終保持著一種無形的距離，我們彼此都沒談過政治上的話題，我想那時他們對我在政治上的走向及行為，也多少知之一二而沒有戳破吧。

讀過第一本黨外雜誌之後，我不時私闖叔叔的書房，名義上是去請叔叔教我數學，事實上就是去看那些以往從未接觸過的書。我最難忘的是看到了柏楊先生那本《異域》，柏楊不搞政治，並不是定義上的黨外人士，頂多算是黨外的同情者，甚至算得上是黨外的前輩級人物，這本書卻教我讀得熱淚盈眶，大大加深了我對「另一面的國民黨政府」的認識。這本書在某種程度上也影響了我的人格發展，至今我對檯面上任何政治人物之言行，乃至執政政府推動之政策，常常站在較遠的觀察距離，也總是抱著懷疑的態度去猜想其中宣傳成分究竟占了幾趴。

我第一次去許信良的競選總部，留下的震撼也是迄今難忘。門外、門內反復播送由台灣民謠〈四季紅〉改編的競選歌曲，這應是台灣選舉活動中首次有人推出競選歌曲吧，這首歌節奏輕快而充滿喜悅幸福之感，許的競選團隊巧妙的改編了歌詞，教選民移情台灣之愛在許的身上。這歌大街小巷從早到晚一路播不停，激起了多少群眾的共鳴！

總部竟不是一個房子，這是我的另一個大意外。總部只是竹子搭成牆的一個簡陋棚屋空間，最外頭的圍籬也是竹籬笆編成，記得空地上還架了一個或兩個露營用的帳篷，甚至還有一個高空氣球懸在空中。競選不該都是灑錢遊戲嗎？而今竟然只有竹篷搭的總部，還有人得住帳篷過夜？而台灣本地人說政治人物最愛「吹雞規」，吹牛之意義，雞規仔就是氣球，許信良竟敢不以為忤公開升起大大氣球，真是挑戰禁忌的好樣。

總部裡裡外外被貼滿大字報，相對於國民黨滿街滿巷都是文宣，許信良的大字報和文宣品被擠壓在總部裡，這反而加強了人們為了閱讀而朝總部擠的心理，總部天天人潮如湧，或許有很多都是為了看時時更新的大字報和文宣品吧。

我記得總部內的牆面上掛著黃花崗七十二烈士的照片或畫像，還不時播出國父紀念歌，許信良宣稱他的脫黨行動乃忠良受害，雖然脫黨，卻「此心長為國民黨員」，更在那份脫黨聲明中以充滿感性的「易水風瀟」一詞帶出「吾黨久無烈士矣」，暗示他縱使成為烈士也無悔無怨的決心，在那個時空背景之下運用七十二烈士和國父的元素在選戰中，不能不佩服用得還真是巧妙高明，把大家都感動了，這或許是吸引了我和叔叔，甘心冒著一種無形卻強烈無比的壓力陰影去幫忙助選的原因吧。

那晚我們大約七點多出發，躲著路人和來往車輛偷偷找機會貼，一直貼到十點多才回到家。我內心興奮又喜悅，認為天亮以後必有很多人看到我們所貼的傳單而支持許信良，這使我覺得為台灣這塊土地做了很大的貢獻。

那天其實距投票日已近，之後我們只再出動一次，貼的張數也比這一次少很多，接下來就投票了。

二　聽說279有故事

許多人都知道有中壢事件，關於２７９投票所發生之事則所知無多，我願在這兒書寫下來。

我之所以對279投票所知之較詳，是叔叔告訴我的。叔叔有一位地檢署（當時叫做地檢處）的高層朋友，我猜一定就是那位朋友私下告訴他的。其中一些不為人知的內情，四十年來報紙從未報導過。

當年台灣省議會有所謂南北雙嬌的稱號，南嬌指的是蘇洪月嬌，北嬌則指出身桃園中壢的黃玉嬌，兩人同以問政犀利且都為黨外政壇老將而著稱。這裡或許要先解釋一下黨外這個名詞，九〇年代之後出生的台灣年輕人想必對之十分陌生。

在國民黨政府長時期實施戒嚴統治時期，許多今天看來根本是十分合理之事都被列在禁止之列。例如報禁，規定擁有既有執照之媒體方得繼續營業，而不准人民新辦任何新聞媒體事業。在這樣的禁制令之下，既有媒體獲得保障而得以壟斷、寡占市場，獲得暴利，當時電視媒體只有台視、中視和華視三家在經營，平面媒體則除了國民黨黨營的《中央日報》、《中華日報》，台灣省政府省營的《台灣新生報》等官媒或「準官媒」，民營報則為《聯合報》與《中國時報》兩大報和一些小規模報紙，聯合、中時兩大民營報一直在市場上遙遙領先各官媒準官媒和其他民營小報，一度雙方皆宣稱每日發行量超過百萬份。而事實上，兩大民營報的老闆也都是國民黨的中常委。

報紙不但家數不准新增加，連每日發行的張數也有限制，限制的理由是要節約用紙，一家日報每天發行張數先是只准一張半，數年後放寬為兩大張，最後再放寬為三大張，三大張維持了相當長的一段時間。不像今天愛印幾張就幾張，往往一印便是一大疊，十幾張，有的報紙印行張數還天天不同。

俗話說上有政策，下有對策，報紙被限張印行，報社也有因應辦法，首先被想出來的辦法是縮小字體，把報紙上的字體縮小到幾乎要用放大鏡來看的極小號，以便容納更多的新聞和廣告。但因字小閱讀起來實在讓人痛苦，後來有人想出了更高明的辦法，便是換版。同樣印行三大張，卻劃分出各個不同的地方版，除了全國性共同見報的國內外要聞、重大社會新聞、各種副刊等版面全國共同見報之外，地方新聞依讀者所在地區劃分成各縣市區的不同版面，刊登在地新聞，這使得各縣市讀者只能讀到當地的地方新聞而無法跨區閱讀。但事實上對讀者而言這其實也沒有太大的影響，新竹市要開一條馬路築一條水溝，桃園人是沒有興趣去閱讀的；苗栗停水停電，更非桃園人關心之事。

地方新聞版變魔術般，將這三大張的報紙瞬間無限量膨脹到或許達到三十張的篇幅，而其中對經營人而言最大的利基還在廣告版面，也隨著膨脹到無限量之大，全國版見報的廣告不再是全國家家戶戶所訂之報統統見報，而是另外又被細分為ＡＢ版，或各種不同編號的版，地方的廣告版分版名目更多。一般的讀者即使是幾十年的老訂戶，恐怕永遠也搞不懂報紙從北到南一共究竟有幾種廣告版、幾種新聞版。

或許大家總以為報社主要的收入是訂報賣報的收入，其實真正最可觀的賺錢祕窟是廣告收入，廣告收入之龐大和實際金額究竟有多少，是人們永遠不曾知道的祕密。

當時的威權政體為媒體提供了保護傘，但享受保護傘下的壟斷特權也得付出代價，因為必須完全聽命於給他們保護傘的主子而不得逾越，辦報因而辦得戰戰兢兢。曾有一個例子，桃園市景福宮大廟前後連結火車站的馬路叫做中正路，有一天一位駐地記者拍了大廟後面永和市場前一塊路牌的照片發給報社，照片中呈現的是木製路牌倒了、斷了，有人將之撿起，用繩子綁好懸掛在路邊的樹幹上，報館當夜打了電話狠狠訓斥該記者一番：「中正是誰你不知道嗎？把中正掛在樹上這樣的照片你也發來，你的頭腦清楚不清楚啊？」

這還是一個小得不能再小的小例子，遇到大一點的狀況，如果報社主管失察而讓報紙印好發行出去，報社會被警告、甚至被下令停刊或遭到關門。如此鉗制之下，媒體活得還真是卑微。

有志於媒體事業人士在那樣陰影之下，如果還想加入辦報行列，新申辦既不可行，只好重金向辦得不好而想脫手的小報買牌照，謂之借殼上市，這樣的做法雖然只算是民間買賣，依然得受盡新聞局和國民黨文工會之重度關切。而換了老闆甚至換了報名而裡外全新的報紙，一樣也得繼續受到嚴格審檢與制約。幸好還是有些有骨氣之報人努力尋求突破禁忌，讓社會大眾多少看得到一些反對人士的消息。

媒體有所謂報禁，組織政黨也在禁令之下而謂之黨禁，連人民海外旅行都在禁止範圍之列，因而旅遊觀光成了擁有各種出國名義的特權人物傲人的特權。

政黨是長時期國民黨一黨獨大狀態，另有少數幾個微不足道之政黨，被稱之為花瓶，是掩飾一黨獨大之醜態的裝飾樣板。

因而出現了黨外的名稱，凡是非屬國民黨籍之政治人物，尤其是反對、抗禦當時不合理之獨裁體制之志士，被約定俗成通稱為黨外人士。

本身一直是那所謂花瓶政黨黨員而也被列為黨外人士的黃玉嬌，每次競選都要大罵國民黨「不司鬼（台語，不要臉的髒鬼之意）」、骯髒、垃圾鬼，還會口念多雷咪法嗦同時伸出十根手指頭做彈琴狀痛罵國民黨作票。我原來不懂彈琴和作票有什麼關連，直到聽說了279事件方知原來是怎麼回事。

279投開票所設在桃園楊梅高山頂國軍營區內。選舉之前一整個部隊早已移防外島，營區只剩極少數官兵留守。票開出來之後統計，幾乎全營官兵都投了票，移防遠處的部隊分明不在營內卻幽靈似的完成了投票！

所有投出來的幽靈票，縣長票青一色都投給了國民黨的縣長候選人歐憲瑜，縣議員選票則平均投在每一位國民黨該選區縣議員候選人身上。

本來這個荒唐事外界幾乎無從知悉，偏偏就因那一批縣議員選票只是大致上落點平均，還是難免有人多個幾張，有人得票少分個幾張，區區幾票之差在競爭激烈的選戰中居然成了當落選的關鍵票，這就引爆了內鬨，因而被爆料出來。

這個案子被當時的桃園地檢處年輕而充滿了正義感的檢察官張良銘偵悉，張檢察官在排山倒海的壓力下完成了偵查，其中最關鍵的一問，竟當場讓身為那個投票所一位主任級人士當庭暈倒過去，被救醒後和盤托出全部案情，全案迅即水落石出。

張良銘檢察官辦完這個案子不久就辭職他去，返回彰化家鄉掛上律師牌當執業律師，只說自認為堅守正義做了該做之事，其餘一律閉口不再談。但我最好奇的彈琴作票則在這兒獲得了答案。原來投開票所工作人員利用時機取出選票一一依指定對象完成圈選並投入票櫃，選舉人名冊則由工作人員以捺印指紋代替蓋章逐一蓋妥，工作人員伸出十個手指頭輪流蓋，其狀正如彈琴。

據說也有人擔心東窗事發而不敢捺印自己的指紋，便改以一小團棉花沾上印泥去蓋。

所謂作票，方法殊多，彈琴也只其一，老一輩人知之甚詳，自必也有不少人曾親自參與，隨著歲月流逝，老人凋零，如今幾乎已漸成傳說。

隨著台灣民主深化，今日選舉幾乎已無作票之空間，可能也無人膽敢為了政黨或個人利益鋌而走險去作票了，２７９投開票所這件作票被逮的案子，堪稱作票史之終結而成歷史見證。

三　中壢事件和它的報導

２７９投開票所作票案發生在一九七七年十一月十九日，那天台灣舉行五項公職人員選舉，在桃園縣內除了這宗２７９案，最是驚天動地者便是中壢事件。

中壢事件，人民為了長期以來對作票文化的不滿，在一個「疑似作票」場景中集體暴走，事發隔日，是有幾家報紙刊出了報導，但都只是輕描淡寫，不約而同一律稱之為「中壢選務騷擾事件」，以兩欄或三欄題大小的位置淡化處理，唯一教人驚奇的是再隔一天的案發後第三天，《聯合報》居然以頭版和一整個第二版做了一個堪稱完整的報導，這真是驚人之舉。中壢事件發生時，我和叔叔從桃園市區的縣政府大禮堂開票中心直奔中壢現場，目睹了現場令人怵目驚心的場景，而最教我佩服叔叔本領神通廣大的，則是這個案發後第三天出現的報紙全幅報導背後之內幕，叔叔竟然也弄得清清楚楚，這是全世界沒幾個人知道的吧！

十一月十九日下午大約五點左右，我和叔叔從我們住的大樓（我們住在同一棟大樓的不同樓層）徒步到縣政府看開票。開票中心設在縣政府的大禮堂，縣政府當時還在中正路上，是一棟二層樓和洋混搭風的典雅建築物。

大禮堂最前方講台上掛著巨大的開票統計表，台下圈出一個範圍，整齊的排列辦公桌椅，每個位置上坐著一位計票人員，桌上除了表格，還各擺著一個算盤，算盤是當年最好用的計算工具。

我們才進到開票中心沒多久，裡裡外外就出現了異常的騷動，人們三三兩兩交頭接耳，隨即消息在人群中爆開來：中壢出事了！

出什麼事呢？有人作票被抓到了，警察把作票的人放走了，幾萬個群眾不滿之下包圍警察局了。

天哪！幾萬人！

幾個月來，由於許信良競選活動遭受的嚴厲打壓引發越來越大的反彈，選情繃到了最緊張的一刻，人人情緒高漲，整個桃園縣籠罩在有如大兵團對壘兩軍一觸即發的氣氛中，這項傳言立刻在開票中心有如炸彈般轟然爆炸，許多人原本是和我們一樣前來關心選情，看開票的，聞訊紛紛離開開票中心，湧向中壢而去。

當時沒有行動電話，連其後多年才出現的嗶嗶叩當時也還沒有，縣政府走廊上有一個公用電話，算是最重要的通訊器材。叔叔匆匆走到那兒，撥了好幾個電話都沒有接通，後來出到縣政府大門，竟找到了他所要找的人，隨即拉著我上了那人的車。

我還記得臨上車前他是有問了一下我去或不去，我當然想去，但反而是他猶豫了一下，最後終於拉我一同上了車，我真是感謝叔叔那天讓我上車，讓我有機會親身目睹到這個台灣民主發展史上極為重要的大事。

這是一輛大轎車，深藍色車身，開車的人似乎是叔叔的好朋友，一上車兩人就情緒高亢的聊起來。

車子從中華路轉復興路，一路朝中壢方向疾駛而去。十一月天黑得快，已是萬家燈火時刻。

縱貫公路上不時有些人潮，一小群一小群聚集在路邊交談，暗夜中感覺今天的桃園街頭和平日非常不一樣。

過內壢沒多久，有警察開始攔車了。

叔叔的朋友搖下車窗回了一句，我還沒聽清楚講的是什麼警察便讓出馬路放行。接下來，攔檢的關卡越來越多，很多車輛都因被攔下而掉頭，我們的車卻獲准一一放行，我終於聽清楚了，這位開車的中年人回應警察的只有兩個字：記者。原來他是一位記者啊！

幾個關卡攔車的警員都只聽了記者兩字便讓出車道，偶而也有要看證件的，開車的叔叔朋友便揚了揚他的皮夾，其中有一回攔車的警察還取去皮夾仔細看了好一回才還，同樣的也獲准繼續通行。

一路走來，除了馬路上人潮越來越多，也看到有好幾輛警車被翻倒在路上，我依稀還聽到車窗外有人對著我們的車吆喝：並啦並啦（翻啦翻啦），我感受著一種莫名的恐懼，心臟狂跳不已。

車近中壢警分局約兩三百公尺之距，叔叔的記者朋友將車停在一個巷子裡，我們下車徒步前進，分局前一整條延平路幾乎滿滿都是人，我們擠在人群之中有如滔滔大河中的兩三滴小水滴。

繼續看到被掀翻的警車，至少看到有三或四輛已被熊熊火焰所吞噬。

見到了中壢警分局，分局已被群眾團團圍住，我們奮力朝前擠，好不容易才擠到可以看到最前方的場面的位置。中壢警分局是一棟兩層樓建築，前面有一道圍牆，中央是門，門前，鎮暴車早已被群眾圍困，輪胎被洩了氣而進退不得，頭戴白色膠盔的憲兵（或是警察？但警察會戴著白色膠盔嗎？）雙手相連鏈成一道人牆，阻隔群眾再往前擠，但圍阻出來的位置因群眾奮力擠壓而不斷縮小，最後，有人爬上了圍牆，站在門框上高聲發表談話，每說一句，台下便齊聲呼應。

終於，那一群戴白色頭盔的憲警撤進分局裡去了，群眾的歡呼聲爆開來，分局的玻璃窗接著被群眾一面面用石頭砸破，許多輛警用摩托車也被推翻，而接下來的場面變得極其恐怖，不但警用汽車摩托車不斷被放火，有人還朝警分局點了火，分局起火了！

不知道是什麼人，竟在分局大樓裡放了火。

瞬間火光伴隨濃煙直衝天際，暗夜中分外明亮、驚悚。

群眾們歡呼不已，情緒更加高亢。

警分局和中壢派出所合署辦公，圍牆內外所有的警車和機車，無一不被推翻、放火。每當被推翻一輛，便爆出一陣喝采和鼓噪聲。

警分局旁邊便是中壢消防隊，消防人員啟動消防車，拉長警笛，準備前來灌救，人太多，消防車移動緩慢，但也只移動幾公尺即遭群眾團團圍住而動彈不得，只剩淒厲的警笛聲繼續劃破夜空。

有人吶喊著：燒啦！也給他燒啦。

但旋即響起了不同的聲音，消防車是保護我們的，不要燒啦。

於是消防車被保住了。但警分局火勢更旺，更見火海沖天。

這便是我所目擊的中壢事件場景。我不知道、沒有看到的當然更多，後來陸續聽到的是現場有一位中央大學的學生被開槍打死了，這才引發群情激憤怒燒分局。而當分局起火時，裡頭還有警察，也還有一名記者在裡頭，警察全部穿上便衣從後門逃出，那位記者也從後門跟著撤走。起火不久分局裡傳出一陣劈啪聲響，原來是槍械庫起火，子彈被引爆了。警方撤退匆匆，連槍械都來不及帶走。

現場謠言四起，有說是死掉好幾個人，傳出的暴動原因是因為群眾發現設在分局一路之隔的中壢國小213投開票所，有一名投票所工作人員作票，把投給許信良的選票故意用紅印泥抹成廢票，這名作票者竟是一個小學的校長，老百姓揪住了他，直接扭送過街，交給警分局處理，但不久民眾發現那名校長被警方釋放，且已趁亂逃走，群眾怒不可遏之下才集結包圍了警分局。這些傳述和兩天後《聯合報》刊出的內容倒也相差無多，只是報上完全沒有提到死了人的事。

全縣各個投開票所的選票陸續完成開票，許信良以極為懸殊的驚人差距大幅領先歐憲瑜，奪得壓倒性的勝利。

我期盼著許信良會到警分局前面來向群眾講講話，或許他是此刻唯一能夠教群眾散去的人，但他一直沒有出現，有人說他已在街頭展開勝利遊行，因我和叔叔以及那位開車的記者朋友一直待在警分局看熱鬧，沒有看到許信良是否真已在其他地方展開遊行。

大約十點多或是十一點多，分局廳舍已燒成了一個空殼，人群聚聚散散，我們回到了停車處上了車，回到縣政府的開票中心。我急急尋找大統計表上心目中的其他黨外候選人的得票數，心中依然亢奮不已。

一直到很多年之後，我才知道當天為我們開車又為我們一路開道，闖過許多攔檢關卡同奔中壢的那位記者，原來並不是記者，而是一家聽都不曾聽過的報社的「主任兼記者」，什麼叫做主任兼記者呢？就是某個媒體的分支業務單位的主任，同時兼任記者的意思。由於記者證或是記者身分好用，於是有許多人千方百計弄個記者證唬唬人，於是就出現了許多奇奇怪怪的雜誌社、通訊社，大量印發主任兼記者的識別證。早期較大的報社由於記者人員編制不足，也確實有偏鄉地區由當地業務單位主任兼一下記者職，偶而寫寫稿的情形，後來則根本只是唬外行的東西，偏偏外行人可還真多。

叔叔這位朋友擁有一張「主任兼記者」的「證件」，平時有何作用我不清楚，至少中壢事件那一晚可還真是派上了用場，倘若沒有這位「記者」沿途亮出證件，我們的車根本到不了現場。

中壢事件成為許信良勝選最勁爆的壓軸大戲。許多人為了許信良的當選狂歡不已，也對中壢事件津津樂道，認為是人民對抗不義政權的一個重大勝利，事實上當天翻警車、燒警車、燒毀警察官署的各種犯罪行為，無論首謀或是其他參與者也真的未在事後受到任何刑事追訴，大概是社會氛圍和民氣根本令檢警辦不下去，而形成了一個不追不究的默契吧。

而中壢發生了群眾包圍警所焚燒警車和警分局的準暴動事件，第一天媒體報導得極為有限，這也是大家心中預期之事，在那個時期新聞監管嚴格而充滿肅殺之氣氛，有個兩欄或是三欄標題大小、三五百個字的報導已是難得。

因而，事發第三天《聯合報》的全版篇幅擴大報導才顯得格外的不尋常。《聯合報》雖是國民黨中常委辦的報紙，也常有勇於發聲之舉，但是像中壢事件這樣大大打擊國民黨聲望和領導威權的事，如何膽敢如此放手報導？外人真是不得而知了。坊間一直有一個傳說，就是事發時報社固然謹守報導分際而極其之自我約制，次日報社之領導人卻祕密會見了黨政之最高層，力陳適時持平而充分報導之重要，以及平抑紛飛謠言穩定社會民心之正面價值，在取得信賴和默許之下立刻把握時機進行報導，另一個說法是報社並未在事先與黨政高層進行溝通，而是由社內重要領導階層祕密會議權衡充分報導之利弊得失，包括可能引發的開罪當局之風險皆在討論之列，最後終於決心擴大報導。這兩種說法叔叔是比較支持後者的，他向我分析了該報領導人的風格，使我也相信他的觀點。

叔叔後來還從《聯合報》一位參與其事的記者那兒獲知了該報在中壢事件後第三天推出專版報導而震驚全球的經過，他轉述給我，印證了他的猜測正確。

據說，中壢事件爆發的次日，也就是一九七七年十一月二十日那天，幾乎所有現場已被連夜清理，報紙報導雖然輕描淡寫好歹也算是有報導了，激情選舉已結束，社會逐漸恢復秩序，記者們也一如平常日子般白天出門採訪，準備入夜之後回到各自的採訪辦公室或記者公會去寫稿、準時寄稿，《聯合報》採訪線上卻有三個人突然消失。

這三個人分別是該報駐桃園縣的吳姓特派員、跑府會新聞和跑中壢新聞的記者。他們獲得報社緊急通知，要求下午五點準時回到台北市忠孝東路四段的總社待命。

三人返抵總社之後，直接被引領至報社的資料中心，連晚餐都在資料中心閉門用餐，整棟報社大樓幾乎沒人見到他們回來了。

然後，報社的地方組主任隻身來到資料中心下達任務，要三人分別站在各個方向鉅細無餘的撰述整個中壢事件案發始末。三人埋頭振筆疾書，估計一共交出兩萬餘字的新聞稿和專欄稿之後，稿件被直接送往獲指定的兩位編輯手上，分別編輯出第一版一整個版和第二版一整個版，還有一部分則留下來準備再安插到地方版去。地方組主任親自審視編好的報紙大樣後，轉呈總編輯和社長逐題逐字讀遍。

直到此時，不但外界不知此事，就連《聯合報》駐桃園的其他採訪同仁以及整個總社內部也都還渾然不知。桃園採訪同仁只知他們的特派員和兩位同事被報社召回總社而不知原因何在，大家和平常一樣照常寫稿發稿，報社內部，更是完全依著往例作業。

直到開印前約半小時，總編輯下令編輯部將原來依一般程序編排完成的第一版和第二版重要大事抽調打散到第三版等全國版以及各個地方版面，騰出空白的第一和第二兩個版，套換上祕密作業之下完成的兩個中壢事件完整版，印報機隆隆啟動，天亮時不但全國讀者為之嘩然，連報社當晚坐編輯檯上的編輯群也是個個瞠目結舌完全呆掉了，幾時貍貓換了太子，或者太子被換了貍貓而竟都渾然不覺啊！

四　官邸裡的生日派對

許信良在民眾歡天喜地的慶賀聲中興高采烈上任了。縣政府雖然老舊侷促，他還是做了些調整以納入他的競選承諾，例如在進大門後通往縣長室的走廊內側騰出了一間辦公室，掛上立即辦理中心的銜牌，徵調幾名年輕幹練的科員進駐坐鎮，專責處理民眾各項陳情和各種需求。許氏顯然清楚民眾最厭惡之事乃在政府效率不彰、做事拖拖拉拉，立辦中心希望以直達天聽的體制外任務編組，協助打通任督二脈提高行政效率。而諸如肥料換稻穀、肥料送到家等等嘉惠農民的政策也說到做到，上任後列為第一優先立刻實施。

許氏家人喬遷進位於縣政府左後方的一棟官舍，這棟官舍正門面向一條安靜小巷，為典雅的日式宿舍建築，庭園花木扶疏，之前也曾住過他的上一任吳伯雄縣長一家人，宿舍有小門可直接通到縣政府，因此縣長上下班十分方便。

託叔叔之福，我也有機會看到了許信良的辦公室以及這一棟漂亮的日式宿舍官邸。那是許信良上任後沒多久的事，官邸舉辦了一場非常熱鬧的派對，我由叔叔挾帶了進去。或許那場派對我是唯一不請自來，也是年紀最小的一個客人吧，但我一直處在非常興奮的狀態之中，自始至終竟然沒有拿一塊餅乾、一杯飲料來享用。

那天，叔叔引領我進了縣政府，我們先看了一下縣長的辦公室，之後沿中庭小徑進入縣長官邸。據說那天是許信良過三十九歲生日，全台灣的黨外人士都要來慶賀，我們到時，縣政府大門口已經聚集有許多民眾。

老縣政府大門有一個突出的廊道空間，車子可以在此停靠讓貴賓直接上下，記得左右廊柱各是兩個圓型柱立在方形台座上的設計，還有洗石子，廊柱旁有小型花圃，種著高大的椰子樹，縣政府兩旁分別是一些相關的政府機關，以及桃園鎮公所、台灣銀行，一整個建築群都建得非常的漂亮，斜對面則是由日本公學校改成的衛生局。縣政府則以面向路沖[7]的驕傲氣勢朝向筆直的中華路，中華路旁還有一棟原木打造得極為宏偉的武德殿。

人群越聚越多，果真南北各地的黨外重量級人士相繼抵達。叔叔輕聲的逐一告訴我誰是誰，我記得的有黃信介、康寧祥、王拓、姚嘉文、張俊宏、施明德、楊青矗，還有在中壢事件中挺身舉發作票的牙醫師邱奕彬……等等，多年後我從叔叔的老照片中還辨識出陳菊也在場。陳菊當時看來只是一位大姐姐。

見到這些要人簡直讓我衝動得想要歡呼出聲，那時我已看了非常多的黨外雜誌，而今，成群在雜誌裡立論如洪鐘的赫赫名人，就活生生站在我眼前幾步之遙！

果真是一場生日派對，因為在宿舍中庭花園裡擺著大大平台為桌，上頭滿是各種水果點心和飲料，正中央則是一個三層大蛋糕。

我不記得是先遊行還是先切蛋糕，當天有一場熱鬧的遊行和那一座大蛋糕一樣令我難忘。

---

7 一般而言，「路沖」泛指馬路正對社區門廳、住家大門，並形成90度角的狀態。命理學家普遍認為路沖的建築不適合做為住家，公務機關與寺廟則無此禁忌。

遊行隊伍從火車站開始，火車站離縣政府其實也沒多遠，遊行的大隊人馬中，有敲鑼打鼓的陣頭鑼鼓隊，最前頭則由數人合力撐起一面寫著「人權萬歲」大字的白布做前導，經過縣政府之後一路遊行到景福宮大廟，在廟中完成祭拜儀式，原路回到縣政府。似乎主辦單位注意到了要防除落人口實，嚴格遵守了公私領域的分際，縣政府只做為通道，生日派對統統擠在官邸舉辦，一整個宿舍裡裡外外都被客人所占滿，大家也相繼發表了演說，並分享點心、蛋糕。那是我頭一次當面看到了傳說中的黨外各路英雄好漢，並且聽到了他們動人的演講。

我為什麼特別記得許信良那天過的是三十九歲生日呢？因為這場生日派對之後，許信良在另一個場合另有一場短暫的演講，特別提到三十九歲，他說台灣人常視生日逢九為不吉，他今年三十九歲，果真被狗咬了。

許信良說話不急不徐，有人說他講河洛話總是有點兒結巴，我卻不以為然，甚至還感受到有一種讓人著迷的特殊魅力。他深黯選舉之道正在於他是客家人，開口閉口卻總是說著滿口河洛話，客家人當然因為族群認同而會將票投給他，河洛人也因他專講河洛話而倍感親切。有傳言說許信良曾說群眾只有三歲之智慧，我不知道究竟他有沒有真講了這樣一句話，如果真是講了，我覺得在他那高明的演講技巧之下，群眾真是會受到他催眠而成為三歲娃。

生日竟然辦得如此另類，如此「政治」，許信良真是一個天生的充滿政治細胞的人啊。就算我年紀太小涉世太淺，在此之前幾乎也不曾聽說過有那一位政治人物是如此創新辦生日聚會的。

但許信良的縣長日子並沒有持續多久，上任沒幾個月，曾任高雄縣長、國大代表的黨外前輩級人物余登發先生，被指稱與其長子余瑞言「知匪不報」而被當局逮捕，許信良偕同其他黨外人士趕往高雄關切並發起抗議大遊行，許隨即被依擅離縣長職守的瀆職罪名，遭到監察院彈劾並予停職處分，許信良在不數月之後決心舉家赴美，誰也不知道這是他主動或被動被安排赴美的行為，竟成了政治流放，之後他不再獲准返回國門，遭隔絕於國境之外前後達十年之久，最後才以偷渡方式回到台灣。

五　中泰賓館一枝筆

我原來已不記得中泰賓館事件發生在先，還是美麗島事件發生在先，但仔細回想，美麗島事件發生之後政府旋即展開大搜捕，黨外人士幾乎無一倖免，這樣一想便變得清楚起來，當然是中泰賓館事件發生在先，否則何來有黨外菁英匯聚中泰賓館之事？更何況中泰賓館事件本來是一場酒會，為了慶祝《美麗島雜誌》創刊而辦，美麗島事件發生時雜誌早已發行數期，我還期期閱讀呢。

黨外人士在此之前已相繼推出多種雜誌，本本各有特色，間或有擁護國民黨政權的雜誌也混在書店裡的書架上，但無疑黨外雜誌最是深獲我心，我接觸到的第一批黨外雜誌是《台灣政論》，後來相繼猛讀、勤讀的包括《八十年代》、《蓬萊島》、《生根》等等，《美麗島雜誌》在我的閱讀領域中，喜好度大大不及《八十年代》和《台灣政論》，或許這是個人主觀好惡吧。

一九七九年八月間，已被停職的許信良會同黃信介、施明德、張俊宏等黨外主要人物合力創辦《美麗島雜誌》，由許擔任社長職務，九月間雜誌社在中泰賓館舉辦創刊酒會，引發一場對峙，這便是中泰賓館事件。

叔叔問我要不要去看熱鬧，我頗費思量，因為那已離我家太遠，台北耶。但最後我還是決定跟叔叔一塊兒去，我看他對這個活動似乎頗感興趣，在他的鼓舞下我也想再「瞻仰」一下黃信介先生等人的丰采於是就同意了。我也成了中泰賓館一整個事件中最年幼的一位參與者、見證者。

教我意外而驚嚇的是——沒想到一場雜誌的創刊酒會竟比選戰氣氛更是肅殺！

我們進入中泰賓館時，外面已經有一群人手持大旗和各種標語，惡言惡語的朝魚貫進入的來客叫囂，好像我們和他們有著什麼血海深仇。幸好酒會似乎沒有受到什麼影響，在平和且帶著歡樂的氣氛中節奏感十足的進行著，主要其實就是賓客們輪番上台發表演講，我也再一次聽到了這些政治菁英人士精彩無比的演講內容。

這時候，我原已擠到舞台最前面的位置，正聽得認真，叔叔悄悄靠過來扯了我一下，我隨著他走到會場一角無人注意之處，他忽然把一枝漂亮的筆插在我的上衣口袋裡，只吩咐一聲別讓筆掉了，便要我回到剛才所站的位置去，這是我第一次被叔叔把筆插進口袋，後來同樣的動作在其他場合出現了兩三次，每次都在活動結束要回家時由他取回他的筆，那時我只感到一定有什麼不尋常，卻一直沒問一聲。

酒會結束時，我們全體賓客被集合起來，主持人告訴大家有人聚集在外面要找我們的麻煩，希望大家忍耐克制，千萬不要還口還手。接著將所有的人排成兩隊，兩人一排並著肩齊著步出門，原來門口聚集的搖旗吶喊者此時已增加到大約一兩百人之眾，一見到我們出來就朝著我們的方向厲聲呼口號，還有砸石頭、揮舞旗幟的，我雖然內心十分驚駭，因為我們的隊伍整齊，所有的人面對挑釁也完全相應不理，在警方隔離之下終於安全離開。在回桃園的途中，叔叔只取回他的筆，一直沉默不語，他沒開口，我也靜默。

雖然歷經一場驚險，看到了心目中許多英雄人物，還是感到不虛此行。

中泰賓館事件不久，被停職的許信良和家人即收拾行李，赴美而去。

我和叔叔來到桃園國際機場的出境大廳，擠在送行群眾之中。

許信良站上一個椅子，發表一段簡短的告別演說。

雖然此去吉凶未卜，許信良依然不改幽默，除了談到一些時政感言，也不忘順便調侃了摘去他烏紗帽的監察院一番，他說，監察院是監管政府官箴、施政良劣的機構，有如守門之狗，而今，他正好年齡逢到三十九歲的「歹狗」關卡，果真被狗咬了一口。

或許包括他本人及所有送行者都無法預想此去一別，教他嘗到了整整十年有家歸不得的苦澀滋味。

而人生得失又如何能算個清？如果他沒有離台赴美，以他的個性和身分，幾個月後爆發的、比中壢事件更是重大的美麗島事件，他沒有不參與的理由，一旦參與也沒有全身而退的機會了，即使不是和幾位名列首謀者之遭到判處死刑、無期徒刑，被囚個十年八載當是躲都躲不掉的遭遇。

美麗島事件我沒有陪叔叔南下，沒有一塊兒南下的原因是什麼如今早已忘了，或許八成是我老媽擔心高雄太遠又必須過夜不准我去吧。我也無法想像萬一我隨行而去了高雄，在那場棍棒齊揮的激烈街頭抗爭中，我會遇到什麼場面？

我記得叔叔是有去高雄的，一如以往，他回來後並未對我多談兩句。而且接下來就是全台風聲鶴唳的大搜捕行動、軍法大審判行動，黨外陣營遭到重創，所有的黨外活動一度消聲匿跡，直到大審判時方有後起之秀的菁英律師群繼起，扛下反對運動之大旗而延續了香火。接下來由於政府終於開放政黨設立的自由權，非國民黨之政治人物也已不再被稱為黨外了。黨外一詞，至此成為歷史語彙。

六　自在獨行的姿影

許多年間，當年那個掀起中壢事件狂濤的傳奇人物許信良一度從桃園人記憶中淡出，那些年裡桃園縣的黨外力量有消有長，政治要角此起彼落，但我未再見到一位像許信良之教我著迷得近乎偶像崇拜的人。

流放海外六、七年之後，許信良數度企圖偷渡回國，每次皆掀起圈圈波瀾，縣民重新溫習了老縣長時代的故事，而我竟也回到少年時之興奮。

許信良數度闖關，有時是臨上飛機即遭查獲制止，讓這頭準備接機的群眾好不唏噓，有時則是上了飛機，飛到了台灣而卻被原機遣返。其中最是轟動的一場接機行動大約發生在一九八六年十二月間，這時我已就讀大三，有了自己的政治認知和追求，但我和叔叔依然維持著一種微妙的關係。

那一天，許信良要回來並已順利在美國登機的消息很快傳遍桃園全縣，大夥在中壢完成集結，敲鑼打鼓浩浩蕩蕩沿著二號高速公路（機場連絡道）徒步而來，隊伍中最感人的是余登發老先生，當時他已八十四高齡，卻堅持全程徒步，或許在老人家的內心中，當年許信良為他發起高雄橋頭大遊行而遭去職、流亡，而今他要以步行十幾公里的真心誠意來當做回報吧。

我和叔叔沒有從中壢來，因為我們住在桃園，直接從桃園開車抵達大園交流道附近停好車，再步行進入高速公路和遊行大隊會合。那天整個機場連絡道都被封鎖了，所有要搭機出國的旅客老遠就被迫停車，憑機票放行進入封鎖區，封鎖線離航站大廈距離十分遙遠，當天要出國的人真是吃足了苦頭，想必有許多航班也因而延誤。

我們沒有機票，進不了封鎖區，我們從連絡道靠中壢那個方向覓得一個缺口，攀爬過一段雜草叢生的駁崁，和群眾順利會合。

但這一天我們還是沒能接到許信良，因為他又被原機遣返美國了。

為了制止民眾失控而闖進機場，警憲在此布下重兵，包括層層鐵絲大拒馬、大批鎮暴警察、憲兵、水柱車、鎮暴車、甚至還有一排架著五〇機槍的裝甲車和低空盤旋的直升機！這些都被叔叔拍下照片，留下了歷史檔案。

多位民眾冒著受到刺傷割裂傷的危險成功攀越拒馬，一進到封鎖線立刻被憲警棍棒交加打得頭破血流當場拖走，憤怒的民眾朝警憲封鎖線投擲石塊，鎮暴警察這方也有東西砸回去，我沒有戴帽子，有點擔心頭上飛來墜落物，看到鎮暴車、裝甲車和直升機的大陣仗，真是無法理解由國家發布之通緝犯許信良要回國，而警方不立即加以逮捕歸案，竟然勞師動眾拒之國門之外至此。

許信良是因在美國發表更激烈的言論，而被認為犯有叛亂罪嫌而發布通緝。兩年後他取道中國輾轉再次闖關，成功回台，這一回政府終於當場將他逮捕，將他在海外的主張及言行逐一羅列後，依叛亂罪判處十年有期徒刑，隨即移送台北監獄執行。幸好監禁數月之後獲李登輝總統特赦釋放，躲過十年牢獄之災。那是一九九〇年的事。次年他獲選為民進黨黨主席。

政治是一門藝術，這句話不知出自誰人之口，我卻在觀察台灣政治數十年之後深覺此實乃名言一句。許信良獲釋出獄時，大夥兒就如同到機場接機那樣歡欣鼓舞，許信良的父親欣喜之餘忽然說了一句話：國民黨還是守信用的，這句話我聽在耳裡，備感耐人尋味，不知老人家此言所說的信用二字何所指。

許信良早年即與劉邦友結拜為義兄弟，許信良獲釋時，時任桃園縣長的劉邦友特別贈送他一襲量身訂做的深藍色西裝，並在縣政府舉行盛大的歡迎會。兄弟倆拉著手摟著肩親密合照的場面令人感動，曾幾何時劉已在任內遭受狙殺而死，許則保持一分自在獨行的姿影，持續行走在依著自己理念而鋪築的政治路上。

七　難解的虛與實

隨著台灣民主發展之成熟穩定，政治之過度激情早已消逝而換上更多的冷靜和理性，回想當年雨夜中偷偷貼傳單的緊張刺激，追著候選人競選宣傳車聽政見、冒著險擠進暴動圈的核心……，真是歷歷如在昨日。

叔叔不知是和我一樣逐漸喪失了政治之狂熱激情，還是因年紀日長而有了轉變，我們早已不再相約同行聽政見、跑黨外場子了，事實上黨外名詞也早已消失無蹤。這幾年叔叔已自公職退休，我們相繼搬出當年那一棟公寓大樓而不再是鄰居，也鮮少再有往返。而由於我的成長，我了解了更多，當年在中泰賓館叔叔悄悄插進我口袋裡的那枝筆其實是一物兩用的東西，它基本上就是一枝造型精巧的祕錄筆，錄音效果特佳。今天市面上3C產品琳瑯滿目，錄音用品種類繁多，要什麼有什麼，有些產品錄音時間竟可達十小時以上，可是在三十幾年前這東西卻是十足的尖端科技產品，即使說它是間諜用品也不誇張。叔叔為何要用這種東西呢？他自己偷偷錄音也就罷了，還有幾次居然是由我代為進行祕錄，究竟用意何在？

這讓我對叔叔的真實身分有了一些想像空間，我可以確定的是他真的是一位公務員，卻無法確定除了公務員之外他還有什麼特殊而一直瞞著我，始終未為我所知的「兼差」？我這樣的懷疑其實也不無原由，除了那枝筆引發出我的聯想，另外，他何以如此熱衷於黨外活動呢？我真的不太能確定他真是一位黨外的同情者或支持者，則他東奔西走於黨外各種活動所為何來？動機何在？其次，在我後來結識的朋友之中，不乏以各種身分為掩護而進行政治偵防之人，可見在我們這個國家裡頭政治偵防系統及行動的確存在著，叔叔的動作和行徑，如果解釋為也具有這種身分倒可合理得到解答了。

但是，如果再繼續朝前推，最初始叔叔引領我去聽許信良的政見，並私下幫許信良貼傳單，這樣的事除我之外其實也無人所悉，如果他不是真心支持黨外志業，真心熱衷於台灣政治之正常化發展，他其實是不必去做的。

我已很久未再見到叔叔了，如果有機會再見到他，我應該也不會將心中疑惑拿來問他一問吧，有些事，留著些許模糊或許比搞得太清楚更美麗呢。

祖傳三代的屠宰豬戶

現代人無人不知
殺豬的事交給電宰場便可

以前人們說：「沒有吃過豬肉，至少也看過豬走路。」這句話在今天應該改成：「天天吃豬肉，難得看到一次豬走路。」豬走路都難得一見，更難得看到豬是怎麼變成豬肉的場景了。豬變成豬肉的現代進行式是交給電宰廠一貫作業處理，但是在電宰廠出現之前，又該是怎麼個過程呢？

走訪的是新北鄉下一家招牌掛著祖傳三代老肉鋪的一個屠夫家族。屠夫這個稱呼在這個時代顯得不敬，似乎還帶著血淋淋的印象，我改稱屠宰商家族好了。一位少年家在店裡，笑嘻嘻朝我打招呼。

問：你還會親手拿刀殺豬嗎？

答：哈哈哈，我不曾殺過豬，只會賣豬肉。

他把切成條狀的肉塊一塊塊塞進絞肉機，啟動機器，肉塊化成肉泥，源源從小孔擠壓出來。

連豬都不曾殺過，我只好買了一斤香腸走人，決定下次再來。

第二次再去，遇著貌仍年輕卻似乎有些年紀的婦人，她正是老闆娘，頭一回碰到的年輕小伙子的媽。她正在手法俐落的處理一個完整的豬頭，準備把豬頭上的肉和骨分離。

現在，豬臉正被剝下。豬的眼睛原來是緊閉的，眉頭是緊鎖的，這一除下皮肉，眼珠子竟暴突於堅硬線條白森森的頭骨上，圓而且大，仿如怒目瞪視周遭，令我駭異心起。但老闆娘繼續她精緻的刀法，和我談話時多次轉頭面向我，這或許是基於禮貌，卻讓我非常擔心她會不會一刀剁下時誤砍了自己的手，那大刀非常厚重鋒利，出手也重，如有偏差一分後果是無法想像的。

大約十分鐘不到，整個「豬臉」已被完整卸下，頭顱骨依然保留完整。她再揮起大刀，對準中央線狠力一剖，頭顱應聲自中央部位一分為二。

我持續上次和她家少年郎的話題：妳切肉切骨的手法如此高明，但畢竟是女人，不可能拿了刀去殺豬吧？妳曾經殺過豬嗎？

不曾。我先生負責殺豬，我頂多到豬屠當助手。

豬屠？

就是屠宰場啦。我們都稱屠宰場叫做豬屠。

我：現在賣豬肉都不殺豬了，都是電宰場殺好剖好送來的？

老闆娘：自己殺的機會很少了。

這樣回答代表還是有動手殺豬的機會，我趕快問：在什麼樣的情形下你們還是會動手殺豬？

答：譬如，有厝邊隔壁要殺豬公，或是要辦桌大請客……。

問：就到豬屠去殺豬嗎？

答：以前每個村子都建著一個豬屠，現在所有的豬屠都拆掉改建房子啦。

問：沒有豬屠如果妳們必須殺豬怎麼辦？

答：要送去新起的屠宰場殺，只是屠宰場離我們太遠，所以大家都清清彩彩（隨隨便便）找個地方殺。

問：不是豬屠都廢棄了嗎？怎麼後來又有了新的民間屠宰場？

答：在民國六十一、二年間，因為規定一律要把豬送去電宰廠電宰，不准我們在豬屠裡殺豬，公家（公部門）把所有的豬屠都封了毀了。

所有殺豬的人都起來抗議，因為殺一條豬本來在後街豬屠就可以解決的事，還要我們送到來回七、八十公里遠的電宰場去殺，那真是找麻煩啊！這樣遠的距離送來送去，豬肉真的會比較衛生鬼才相信？可是抗議有什麼用？吵吵鬧鬧一陣，大家最後還是乖乖把豬送到電宰場去，只是終究還有一些個別的宰殺工作，只好再由有錢的商人建新的小型屠宰場便利大家。

問：妳剛剛說還是有私下殺豬的？意思是也有不送電宰場，也不送民間的專業屠宰場，而是私下殺了？

答：是啊，私下殺了本來就是一種習慣，十分方便的事，自古早以來就是這樣，豬養大了，三更半夜在厝後菜園仔裡直接就殺了，鄉下人都是這樣的。

有人主動插話了，那是她的先生，和兒子一樣結實的個子，腰圍碩大。

老闆似乎剛睡醒。聽聞我們談殺豬的事，他的興致來了。不待招呼，主動拉了凳子坐在前頭就打開了話匣子。

我們以前做殺豬仔這一行是很快活的，早上把肉賣完，下午就清閒了。我們都必須早起。買肉的人早起，我們當然要比他們更早起。平常日子大概三點多就要起床，遇著年節殺豬多，前一晚十一點就開始殺，一直殺到天亮，根本沒有睡覺。大節日一間肉店仔一天要殺十幾頭豬，一面賣，一面繼續殺。雖然累得要死，有錢賺，還是笑呵呵。

早起是因為殺豬之前要先去抓豬，豬養在人家家裡，住得遠的要走很長的路去抓，有時候抓一趟豬就要走一兩小時的。

拖著利仔甲（兩個輪子的人力拉車），去到賣豬的農家，進了豬稠（豬舍），兩下把豬摺倒在地，豬腳步索一綑，扛到稻埕秤重，上車，就拖到豬屠殺了。

等等！請別這樣三兩句話就帶過去啦，我想聽更仔細的過程。

我請他慢慢說，這些細節是我真心想聽的，因為人工殺豬已經不多，行將消失於這個社會，每一個環節聽來應該都有趣，我想聽，想紀錄。

好啦！我就慢慢講給你聽吧！他真是爽快人。

兩點三點起床，按照賣豬的人住的遠近來決定我們出門的時間，住得最近的，睡到四點半出門也夠了。

我剛剛講的豬腳步索，是用麻繩做的，每條繩索的尾端都有一個圈套，圈套上打一個活結，這是綑豬最好用的東西，現在少年郎都不會打了，我兒子也不會打。出門抓豬，就把這腳步索套在利仔甲上，如果忘了帶，麻煩就大了，根本就綑不了豬。

豬舍裡的豬一看到我們殺豬的來了，都嚇得像是遇到了凶神惡煞，沒有一頭敢再睡，推推擠擠的擠到豬舍牆角最裡頭，有的甚至還沒碰一下就淒聲嚎叫起來。說來，其實豬是很聰明的東西。

賣豬的人用手朝著今天要賣的豬一指，就是我動手一顯身手的時刻啦，慢慢走進豬稠仔，半彎下腰，相準要抓的那一頭，猛一出手，牢牢抓住牠的一條後腿，再一施力，豬就倒下地了。半跨半坐壓坐在豬身上，把抓住的那隻後腳上了腳步索，再撈起另一腳一套再用力一拉，在腳踝上打個結，兩個後腳就被牢牢綑在一起。接著再對付另兩隻前腳，同樣以一條腳步索綑住兩隻前腳，然後將前後腳緊縮打個結，再大再有力的豬再也動彈不得。

拿來一根大竹篙，穿過前後腳中間繩下，一前一後兩個人大喝一聲，一兩百斤重的豬像小狗一樣輕鬆被扛上了肩。

綑豬非得手法明快準確不可，一下子沒有將豬扳倒，再出手就變得非常麻煩，生手才會在豬舍裡追著豬團團跑。萬一把豬追急了，摔傷了，豬腳豬腿骨折造成「靠傷（內出血）」，殺開來殷紅一片，且不說豬要多受多少苦，那樣紅紅的豬腳打折都難賣。

綑豬不麻煩，對付的是豬；過磅反而是麻煩事，對付的是人。

秤豬用的是大大的鈎秤，把豬掛在秤鈎下，秤錘掛在秤杆上，總得找到秤杆停在雙方同意、雙方滿意的角度才算秤妥。賣豬人希望秤錘儘量朝遠端移，多賣一點錢，買豬人希望秤錘盡量往秤鈎的位置挪，秤杆蹺得越仰，占便宜便占得越多，雙方暗中角力，肩頭上兩百斤的負荷反而變得沒什麼感覺。

秤好，豬抬上利仔甲綑牢，朝下一個目的地去，那便是豬屠，屠宰場。當然，有時一個晚上並不只殺一頭豬，一輛利仔甲綑兩頭豬，讓牠們並排躺。有時是兩戶人家各賣一頭豬，就拉著第一頭豬巡遊到另一家去。利仔甲載重量非常大，三、四百斤都沒問題，是以前很好用的運送工具。

你若以為買豬秤重，靠的只是由秤杆決定一切那就太外行了。農家賣了豬，和我們約了抓豬的日期，我們一定會千交代萬交代他們前一晚千萬不要餵豬，但賣者想多賣幾斤重，往往偏偏在前夜多餵一些，這是我們最痛恨的，肚子裡撐飽了食物的豬，剖開來一肚子豬屎，豬肚（胃臟）臭氣醺天，大腸小腸也都沾滿豬糞，洗起來黏黏稠稠，怎麼也洗不乾淨。大腸小腸髒兮兮賣相不佳，豬肚子更是撐得變了顏色也變薄了，還散發一股酸酸臭臭的怪味，很難賣，要賣只能便宜賣給小吃店煮酸菜豬肚湯。

碰到這樣的事，我們絕不吃這悶虧的，一定叫個人透早把豬肚提回去養豬人家，剖出穢物當場秤出斤兩，從豬的重量和總價中直接扣錢，這個動作我們叫做「回肚」，該回肚就回肚，再好的交情也絕不通融。畢竟殺一條豬能賺得幾塊錢？對方違反誠信原則在先，顧不得我們臭臉相向。

這是買豬抓豬的事。那時候，農家平時來店裡買豬肉，大約不到 半是用現金，至少有一半以上是欠帳。欠帳何時還呢？稻穀收成賣了錢，有了收入就來還帳，養豬賣豬直接抵帳也是還帳時機。農家平常大多撙節過日子，自己儉省自己，對來做客的親友卻一定還是大魚大肉款待，遇著較大節日也是得買較大量的肉，所以一年半年下來賒欠的豬肉錢也是不少，如果用賣豬來還帳，在結帳的時候，一頭豬大約只剩拿得回半頭的錢。

豬屠就是豬的屠宰場，我們這小街的豬屠設在後壁巷仔，一個大大的房子，中央有兩口大灶，靠著牆還有一兩個矮牆隔出臨時性的繫留場，給暫時無法當天宰殺的豬有個歇息的位置。

豬屠房舍建築不算小，只是小村殺豬的有五、六家，一家派兩人來殺豬就有十幾個人擠進來，加上鄰居來「撿肉油仔」的一群小童，不擠滿也怪。而這還只是一家宰一頭豬的平常日子，逢著年節，一家肉商宰好幾頭豬，人進人出，豬屠比菜市場還熱鬧。

什麼是撿肉油仔？

每天清晨四點左右，我們忙著殺豬時，住在附近的小孩子聽到豬叫聲也會早早起床，主動前來當幫手，幫忙燒水提水、沖洗地上的豬糞豬血，做一些打雜的事。做完，我們隨手抓一把沾在內臟上的板油、脂肪塊給他們當做獎賞，他們來時人人提個小鐵罐就是來裝這些獎賞的，大一點的孩子還會努力拔豬鬃，豬鬃是可以賣錢的，這些打雜細事就叫做撿肉油仔。

他繼續說，想到什麼說什麼，現在開始講到血腥話題了：殺豬時要燒大量的熱水，把豬扛到適當的位置，抓牢牠的耳朵，舉起刺血刀對準，一刀直直刺入喉部深處，豬只一聲嚎，我們擺一個桶子在底下接豬血，放完血，豬不叫也不動了，把牠翻個身，用熱水淋一遍，開始刮毛。

我沒有打斷這一段話題，總算聽完。

刮好毛，換一把大刀將豬頭剁下，把豬的身體對剖為二。我們要準備很多種刀，刺血的叫「刺血刀」，又叫做嗆血刀，尖而長，兩面刃，非常銳利；刮毛的叫「水刀仔」，刀刃稍圓，刀身小巧；剖腹的叫「大刀」，有十足的重量，刀背很厚，施力強勁。另外還有出骨（骨肉分離的程序）用的「出骨刀」、切塊零售用的「肉刀」……，大概至少有十幾種刀。

剖腹完成，將肉臟分撿、沖水清洗，分別綑綁好，將屠體和內臟扛上利仔甲，拖回肉攤，殺豬就算告一段落，接著是準備零售前的動作。

零售前，先抬半頭豬的屠體上肉案，處理後才換另外半頭。

半頭豬上了豬砧（肉案），先卸龍骨，也就是脊椎骨，脊椎骨包覆著左右各一條精瘦肉，叫做里脊肉，是整頭豬身上價錢最貴的一塊，現代人吃的豬排就是里脊肉連著脊椎骨切成一公分厚的片狀，以前則是骨肉分拆，肉歸肉賣，骨歸骨賣。

以前的里脊肉一大早就有肉販仔來鄉下逐家收購，用馬達三輪小貨車一家家收，大清早送到大都市去給都市人吃，現在這一類的肉販都沒有了，因為在地人也有錢，也吃得起啦。

卸下來龍骨之後，豬邊（單側的屠體）每一邊各再橫切為三，分成前腿、後腿和腰部，各自依序處理。前後腿裡頭都藏著粗壯的大腿骨小腿骨，拆卸要有相當的技術，才不會拆得亂七八糟，骨頭沒卸下來，反而把大好的肉塊弄得面目全非。

中間的腰部處理相對簡單，腰部唯一有的骨頭是排列整齊的排骨（豬的肋骨），處理排骨有兩種手法，一是整面掀起，分塊剁給人家煮排骨湯或是滷排骨，另一個是一根根肋骨逐一剔起來，排骨肉留在腹脅肉上，讓本來只是「三層肉」的腹脅肉賣相更好，售價更高。三層肉，也就是大家常說的五花肉。

出骨之後，骨頭歸骨頭賣，豬肉歸豬肉賣，賣肉工作變得輕鬆單純，就算是女人家也能站在肉攤後頭拿刀切肉、掌櫃賣肉。

大部分的肉攤，一天大約可以賣一頭豬，生意好時可以賣兩頭，當然也有和其他同業兩人合賣一個豬邊（半頭豬）的。……

內行的肉商，你要買一斤肉，他一刀切下，誤差不會超過半兩。當然我們也有故意失手，一斤肉故意切個十四兩重，不足的再以其他零星肉塊來補足，趁機把零星肉塊推銷掉。有時則故意多切三四兩，好說歹說一番推銷，就完成了讓客人多掏點兒錢的目的。我老婆最內行！

老闆娘把頭偏過來，哈哈哈笑著說：「無商不奸嘛！」

反共義士廉先生的神祕訪客

亂葬崗裡荒塚一坏
埋著的是英雄萬里孤魂

七星堆。去七星堆。就是去那個七星堆。

男人像在喃喃自語，也像是發號司令。

這大熱天還繫著領帶的男人坐在輪椅上，約有八十歲了，口齒不太清晰，還滿口濃濃鄉音，可是這個七星堆三個字咬字發音可清楚，我聽得酷暑時節都起一陣雞皮疙瘩。

兩眼無神，睛珠子濁濁的，臉上俱是大塊大塊斑的老人。

這樣的老人，像鬼。而七星堆我曉得，住鬼的地方，一個沒沒無聞的亂葬崗。

我在離這個亂葬崗三公里遠的小村長大，我的家族中，多位死了的先人也都葬在這。

眼前這老人，說他要去七星堆，大白天真見鬼了。

■

太陽曬得死人的大暑天，我在小店裡喝啤酒，小店是小學同學開的，簡簡陋陋，好歹倒也安了冷氣。

坐輪椅的老人在店裡直著眼，呢呢喃喃，替他推輪椅的胖胖女人年紀約有五、六十歲，一面朝他嘴裡餵麵條，一面跟他講話，嗓門開關的音量鈕開得大大的。

「去去去，這就去，都來到了三塊厝了，還怕找不到七星堆。」

一聽就知道是個阿六子，像上個月在日月潭遇到的那一大群完全一個樣，只是大園雖是國際機場所在地，可從來不曾是吸引人來觀光的地方，即使陸客一批一批湧出機場入境大廳，幾輛車一過來瞬間各奔西東沒了人。

不過，我更奇怪的是，如果來觀光的，什麼地方不去，去七星堆，看死人啊？

好奇一問，問出了趣味，果真來看死人的。看的人我認得，嚴格說並不認得，只曉得有這個人，妙的是這人死後至少我每年看一回他的名字。清明前後為我阿公和我老弟掃墓，一定會走過那人墳前，僻處一隅豎著小小墓碑的小小墳塚，沒人注意，終年荒草，清明也沒人祭掃，而那名那姓，卻深烙我心，忘不了。

念初中時，我同學人人搭客運車上學，唯我例外，我雖也搭車，卻是鑽進軍用機場，候在環場道路邊攔軍車，搭那些要進城的大大小小軍車的便車。到達桃園市以後，再從永安路口或是永和市場口走上一段路到學校，放學也一樣，反其道而回。有時運氣好，等候一下子就有車可搭，有時大車小車轟然駛過十輛八輛，老半天沒能候到一輛肯停下來的，只好半跑步朝學校一路跑著去，或是一步一腳印踩著疲憊腳步回家，在學校成了老挨教官訓誡的遲到大王，回家嘛，往往回到家都已晚上八九點，餓到眼睛冒出金星來。這沒辦法，客運車的月票一個月四十八塊錢，我可買不起。

就在某一次徒步一段路回家時，遇上了大陣仗，也遇上了和這個人相關的故事。

◆

我叔失憶很多年了。那女人說。

喔，原來如此。可是失憶怎還記得七星堆這沒幾人聽過的地方？

就是怪嘛，這毛病就這樣，有時咕嚕咕嚕說一大堆話，古早事兒都可以講得清清楚楚，可你問他姓啥叫啥，問他吃過飯沒，他就講不上來。

幹嘛看七星堆那個墳呢？你們是那人的親人嗎？

我不是，我也搞不懂叔是不是那人親人。我叔是我義父的弟弟，我義父文革前幾年就死掉了，我跟著叔同住一起那麼多年，我叔病發前從來沒講過這個姓廉的，倒是病了後，天天嘰嘰咕咕念著有機會一定要來台灣看廉先生的墳，我不姓廉我叔也不姓廉，誰曉得他們是什麼關係，自己爹自己娘的墳都沒這麼惦記著呢。好不容易今天可以來台灣了，自由行啊，我村裡人都說我這下可以幫他們好好去阿里山爬爬山，去一〇一照照相，回去給他們好好匯報匯報，偏什麼地方不好去，千山萬水，來看一個墳。

七星堆這地名沒什麼人曉得，怎麼你們查得出來問得出來？我非常好奇。

是啊，早幾年前我叔和台灣的關係連繫上了，就給了他這樣一個地方，兜了好大好大圈總算才找到了，怎曉得這個七星堆就在大園鄉的三塊厝，啊這三塊厝原來就離國際機場大門口小小一段路的距離嘛，和國際機場同一個村，我們還老土的搭了車朝桃園找去，耗了兩天，繞好大好大一個圈子，又繞回來了。你說不？站這兒都看得到國際機場飛機起起落落了。

妳曉得接下來路怎麼走？

我們問了好多人，就是到現在都沒問到一個曉得七星堆在那的。還好除了一個七星堆，還搭了一個三塊厝的地名，總算在一個叫做平什麼鎮的大街上遇著一個大園人告訴我們三塊厝的方向，現在繼續問吧，馬路長在人嘴上，一定問得來的。

這下妳遇對人啦，我不但曉得七星堆，也曉得你們要訪的那個廉先生住哪兒，就過那高速公路的陸橋再一段路就到，可是輪椅很難推，我幫妳帶路，幫妳推輪椅好了，反正不遠。

啊！婦人瞪大了眼，好不感激的神情：就說台灣人真好，真有人情味，果真不假，今天遇著一位大好人囉！

■

天天在機場裡鑽進鑽出，摸遍了整座機場。

那天攔到一輛四分之三中吉車，運氣算是不錯，只可惜我們的車進光華門沒多遠就要朝右拐到四號仔去，就是建國四村那裡頭，我和兩個同車的眷村孩子只好下了車。兩人決定回光華門再攔便車搭，我決定徒步走這大約五公里的最後一段回家之路。

走過水斗，進入環場道路，本該朝左走回埔心的，三叉路口眼睛朝右一瞄，右邊不遠處一大群人，好多輛車，聚在一個機堡前。最離奇的是這機堡本就高大，F-86軍刀機棲在裡頭，遠遠的是看不到的，此刻卻在機堡防炸土堤上頭露出來一大截尾翼，呵，顯然裡頭躲著一架大傢伙哪。

什麼樣的大飛機，大到連小山似的機堡都藏不住呢？好生奇怪的加快了腳步趨前看熱鬧去，這一看，傻了眼，飛機上頭漆著紅色0195四個阿拉伯字，我的學號1950，這還真巧到了不行。

0195數目字旁，還漆了一顆大紅星星，噯呀，共匪的飛機哪！又有米格機來「投誠」[8]囉！那一陣子也遇到過幾次米格機投誠的事了，每一回都搞得普天同慶，舉國同歡的。

沒有人防著我這揹著書包的學生，甚至還興奮莫名恨不得我是一個可以跟他們分

8　一個褒義的政治術語，「投誠者」是指那些放棄了對某一國家或政治組織的忠誠，改為效忠於另一個國家或組織。

享好消息的「懂事的人」，只差沒把我抱起來跳舞了，現場一片歡天喜地的氣氛，嘰嘰喳喳在大大飛機下高談闊論不停，於是，沒幾下我就大致聽到了有關這架飛機停在這兒的整個故事全貌，這可不是米格機，而是一架叫做伊留申二十八的轟炸機，哇，轟炸機哪，老美怕台灣反攻大陸怕得要命，不給台灣也不准台灣買轟炸機，這個桃園軍用機場，從最早的螺旋槳飛機，到平著機翼像一個「士」字型的第一代噴射機，到翅膀朝著後斜的軍刀機，到有著長長鼻子的F-100，什麼飛機沒看過，就是沒見過一架轟炸機。鼻尖特別長，飛起來吵得要命的F-100據說可以當輕型轟炸機使用，如今眼前終於見著了一台真正的轟炸機，可大囉。比F-100大上太多了。

心情被震撼得沸騰起來。接下來，聽到了更勁爆的話題：這飛機上一共坐了三個人，有一個姓廉的「領航員」，因為不肯投奔自由，被一個姓李的駕駛員用手槍一槍打死掉，因為待會有記者要來，屍體剛剛就被極快速的拖走了。

飛機屁股那兒的地上有鮮紅的液體，問那是什麼？守在那兒的大兵口氣頓時凶惡起來：小孩問什麼問，快走開，那是紅色的液壓油啦！

後悔多此一問，不准再看下去啦，就這麼留下貪婪的最後一瞥後被驅離了機堡。

第二天，擠在學校貼報紙的牆前，一字一句細細閱讀這我所親自目擊的新聞：三位反共義士駕駛伊留申二十八型轟炸機集體投奔自由，因為降落時操作不當，飛機衝出跑道，投彈員李才旺受傷就醫，幸無大礙，坐在尾翼後座的領航員廉保生不幸傷重而死，最前座的駕駛員李顯斌安然無恙，受到全國同胞熱烈歡迎。

咦？那廉保生先生不是被打死的嗎？再去查問打探，人人噤若寒蟬，此後沒人再提了。

這新聞果真又是舉國歡慶起來，歡慶好一陣之後，慢慢也就冷了。

倒是隔了好多年，偶然中在七星堆亂葬崗裡看到了一個小小的，孤獨的墳，築在一棵大大苦楝樹下，墓碑上寫著：反共義士廉保生之墓。下面另一行字是：中華民國五十五年十一月十二日立。

十一月十二日？忘不了的0195轟炸機投奔自由那一天很清楚，還記得是十一月十一日。這人在死後第二天就被埋在這兒了。

此後年年去七星堆為先人掃墓時，總會順便在廉先生墓前略做停留，深深一鞠躬後再合掌一拜。幾年過去之後，慢慢的也真確認了他這人並不是來投降來拿黃金獎金的反共義士，他是不肯當反共義士，才在降落桃園空軍基地後用自己的配槍把自己一槍給打死掉的，以一個共匪的飛行員而言，多死多好，死光光最好，以一個軍人而言，他卻是寧死不屈的真英雄，好漢子。

寧死不來投誠，卻被戴上了反共義士的帽子，這墓碑做得好小，這墳墓築得好簡陋，再小的碑，想必也教地下廉先生感受到無以承受之重吧。可憐的廉先生，這個墓總教我想起了孫悟空，空有一身本事，卻被如來佛一個大巴掌壓制在五指山下動彈不得的故事。

年年清明時分為親人掃墓時，才會順道看一回拜一下這孤獨的墓，苦楝總在清明前後開了花，淺紫色的小小苦楝花無風飄落，常常灑滿了小小的墳塚。人家的墳都用石頭鎮著黃黃的紙錢，墳上像開滿了小黃花，廉先生的墳鎮的是滿滿的苦楝花，像繁星般密麻麻。

再過幾年，我們把親人的骸骨遷離了七星堆，遷到楊梅一個漂亮的納骨塔去，我再也未曾涉足這墳墓築得橫七豎八的亂葬崗。

多少年過去了，反共義士不再駕機前來投誠了，最後一批投誠的反共義士還成了劫機犯。很多年以來，這個社會或許也沒人記得反共義士的事了。現在，共匪成了台灣許多高官握手擁抱的對象，吃不飽穿不暖的可憐大陸同胞，變成捧著大把鈔票搭飛機前來消費的陸客，台灣人更早一步成了人家心中口中的呆胞，就是沒見人再提這廉先生的事了。

偶然想起多少回肅立廉先生墓前合掌落淚的動作，那個少年時期的純真的我，也改變了，模糊了，老化了。

◆

好熱好毒的太陽，今天早知道該戴頂帽子出門才對，有頂帽子現在也不會被太陽曬得頭皮發燙了。

小路蜿蜒，雜草叢生，蔓藤糾葛，枝橫八方，兩個人合推一台輪椅在這種崎嶇小路上推得跌跌撞撞，輪椅上的老人跟著東歪西倒，幾次差些人仰馬翻，真是一路驚險重重，老人卻還是一路呢喃不休，瘦黃黃長滿紫斑的臉被太曬得紅潤起來，他可有精神了，我卻有虛脫之感。

幾乎耗盡全身之力，我們總算停在了那個小小墳塚之前。可惜墳旁大大苦楝樹不知幾時死掉了，無從提供樹蔭，只剩一身枯槁枝幹，自顧不暇。

老人盯著這墳、這碑，木然良久，突的淚涔涔下，陽光下閃爍的淚，縱橫流溢在瘦黃黃的腮和頰。

嘴唇抖著。

好一陣，抖著唇，抖著聲，嘶啞的吐出了話語：保生，來了，來看你了。吾來了，來看你了。

還傾身彎腰伸手，顫抖的用那瘦骨嶙峋的指掌去撫摸著那一方小小的碑。溫柔撫遍碑上每一個字，每一寸表面。

就這樣的，時間僵住了凝結了的感覺。良久。

只是大大太陽下，即使我再怎麼被這場面所感動，終究也受不了炎陽灼熱燒烤之苦，我只好提出了不禮貌卻很現實的請求，略略囁嚅片刻，開了口，問那位女士：你們找到了廉先生的墓啦，我是不是可以先走了，我，還有一點事要辦……

啊！她恍如被我驚醒過來，瞬間回到了現實。

我看著她被太陽曬得滿頭汗珠的臉，實在感到不忍離去，我該再陪她們一小陣，至少我該幫著再把老人推回到方才的大馬路口才對，可是她卻露出了非常不好意思的表情：是啊是啊，對不起啊，耽誤你太久的時間了，你先請吧。非常謝謝你啊！

妳，可以一個人推輪椅回那大馬路嗎？大馬路邊即使有站牌，偶有計程車路過，可是光這一段難走的小路，一個女人推起輪椅也實在教人不放心。

我的心在掙扎。

可以，成的，成的，沒問題啦。我們一路來，走比這遠了幾多倍長長的路，還不就到了。

這樣說啊？有這樣一句，我得到了脫身的合理性，於是，狠起了心，轉了頭，邁開腳步，離開了。

被牛頭馬面召喚的酒鬼阿仙

台灣的朵羅索尼特
一所偏鄉學校的校工

這件事，發生在很多年以前，算來都已經是二十一年前的往事了。如果不是這幾天幾乎所有的電視、報紙、廣播等等新聞媒體，都在報導一個關於南美巴西一位名叫朵羅索．尼特的事，恐怕我早已把他忘得一乾二淨了。

全球的許多知名科學家這幾天都趕赴巴西，研究朵羅索．尼特的一段奇遇，使他在一夕之間成為全世界的知名人物，而在二十一年前，我所認識的一位「阿仙」，卻只有我自己一個人曾在小小的腦袋瓜裡「研究」過他，人間的遭遇，差別可還真大呀！

那年我轉學到雲頂國小，第一個認識的人不是導師，也不是校長，而是酒鬼阿仙。

雲頂國小連老師帶校長加上全體同學一共只有十七個人，阿仙是一個校工，我不知道校工是幹什麼的，只知道阿仙唯一的工作大概只有喝酒，從早到晚，總是拎著一個酒瓶東晃晃、西逛逛，當然，偶而也可以看他蹲在那兒種種花，種種草的，只要他沒醉。在我的印象裡，大約一個星期他總要醉個五六天。

那時我的功課可說爛到了極點，爸爸的工作換來換去，我從一年級到四年級一共轉了四個學校，差不多每一位導師都說我的智商有問題，也幾乎沒有同學願意跟我玩，一到雲頂國小，第一天阿仙罵我，罵我上學遲到；第二天他又罵我，罵我沒戴帽子；到了第三天，他還是罵我，罵我忘了背書包。或許因為我被人家罵慣了，罵皮了，他罵他的，我皮我的笑我的，使他覺得很奇怪吧，他居然不再罵了，不但不罵，我們最後還成了最好的朋友。

「阿奇，你信或不信，我有一次碰到鬼了。」有一天他忽然這麼對我說。

雲頂國小建在一個高高的山頂上，常常有雲在腳下飄來盪去，或許這就是它的名字的由來吧。我們那位紅紅鼻子的校長，常常在朝會時說我們的學校是全國最高的，所以我們是「全國最高學府」的學生，非得好好努力用功不可，我們的老師也老是這麼說，連許多同學也常把「全國最高學府」掛在嘴上。最高最高，有什麼了不起的？學校邊邊唯一的一家小店裡，連一包泡麵也買不到，只是同學們好像都不曉得泡麵的好滋味，因為他們都沒有轉過學。

我們雲頂國小四年級那一班一共只有三個同學，在他們還不討厭我的時候，他們曾跟我說到酒鬼阿仙的故事，說他整天喝酒，喝了酒就隨便大小便，還會拿石頭砸人家園牆上的花盆，以及路過的野狗，而且常常「鬼話連篇」嚇人。所以，當他在校園那棵大榕樹下酒氣沖天．咿咿哦哦唱著奇怪的小調對我這麼說時候，我只覺得他又要吹牛了，一點都不覺得害怕。

「我告訴你，我還看到牛頭馬面呢！」

「牛頭馬面？我也看過！」我說。

「哇？真的？你看到的是不是臉青青的、脖子很長、眼睛黃黃的？」

「一個是牛頭，一個是馬頭，牛頭頭上長了兩隻角，馬面的，當然就是一張馬臉，貼在臉上了。」我一本正經的回答，其實啊，當然是隨口胡扯。

「不對不對，你看的和我看的不是同一個樣。你在哪兒看到的呢？」

「你先說你在哪兒看到。」我說：「你說了我才說。」

「我是在一個青青的大房子裡，你呢？」

「我是在漫畫書裡啦。」

「你這個騙人小鬼，我踢你個狗吃屎！」他揚起手上的酒瓶，但我才不怕：「你自己才騙人，這個世界還有鬼呀，你真是在胡說八道騙小孩。看我是好騙的啊！哈，我轉了四個學校，你騙，騙不倒的。」

「真的，我不騙你。」平常他總是因為喝了太多酒，講起話來結結巴巴，這時，或許心急吧，更結巴得厲害：「他們都不相信，連你也不相信？」

「我不相信。」我猛搖頭。

「我不騙你，牛頭馬面不會講話，也不凶，祂們還送我一個石頭，我想可能是要跟我做朋友吧，我可以給你看。」

「滿山都是石頭，你隨便拿一顆吹牛，誰會相信？」

我雖然打死也不肯相信，但是看他一個五六十歲，也許七八十歲的老頭子說得那麼著急、那麼像真的一樣，心中難免有一點點好奇起來。只見他在口袋裡掏呀掏，掏出來一個舊舊髒髒的小布包，打開來，啊，真有一顆小石頭，大概比一個雞蛋小些，比一個麻雀的蛋大些，圓滾滾的有點像玻璃珠，很漂亮哪。

「你看，不騙你吧！」

我把石頭接過來，哇，可重得很，好像是一個鉛球那麼重——我沒玩過鉛球，以前曾經看到過六年級的學長玩，看他們提在手裡，重得咬牙歪嘴，可能是世界上最重的東西了，沒想到這個小石頭也重得一點都不像一顆小石頭。

不但重得不像話，而且也漂亮得不像話，奇怪哪，它像是顆透明的玻璃彈珠，但裡頭有許多發亮的小圓球，像芝麻那麼大小。

「你看，裡面那些小豆豆還會跑來跑去呢。」阿仙指著我看，真的，裡面那些像芝麻的小東西，真會在裡頭蹦來蹦去，像是一條條活潑潑的小蝌蚪。

「阿仙，送我。」

「開什麼玩笑，怎麼可以！」他一把搶回去，立刻包好，放進口袋裡。

「阿仙，好嘛，拜託啦。」我實在是愛不忍釋，只好苦苦央求：「我用彈弓和你換。」

「休想。」

「連我從禮康國小帶來的漫畫書都給你。」

「不換就是不換！」他說得斬釘截鐵，但卻「開了一張支票」給我（這是爸爸最愛掛在嘴巴上一句口頭禪了，意思是把承諾訂得遠遠的，簡直不大可能到達的那麼長的時間）：「下次如果我再遇著牛頭馬面，我會記得也替你要一顆。」

「真有牛頭馬面？」

「你不信就算了，我告訴你，真的。只是我不知道祂們還來不來。」他咕嚕咕嚕又一連灌了好幾口酒，嗆得我滿臉的酒味道。我知道只要再喝兩口他就會瞇下來，躺倒在地上，睡得像一個死人，只好依依不捨的回家去。

多奇怪的石頭呀！這個晚上，爸爸做工回來，我告訴他阿仙有一顆奇怪的石頭，重得要命，爸還沒聽完，啪一聲迎頭就打了我一巴掌，怒聲罵道：「我叫你好好念書，你只記得玩石頭，書拿出來背！」嚇得我不敢再提了。

但是我還是忘不了石頭的事，第二天放學的時候，我碰到阿仙，就又問他，他還是一口咬定石頭是牛頭馬面給他的。只是這天他比昨天喝得更多，講話咕咕噥噥更難以聽清楚，我想看一下都看不到，只好又是一肚子好奇的回家。

再隔一天，星期五的早上，奇了，他難得居然沒有喝酒，蹲在中廊修破桌椅，我立刻跑過去。

「阿仙，你的石頭呢？」

「你有沒有好好念書做功課？考試考幾分？」

「馬馬虎虎啦，你的石頭呢？」

「石頭？哪來什麼石頭？好好念書別玩什麼石頭好不好？不好好兒念書，以後老了像我這樣當老酒鬼啊？當校工啊？」

嘮嘮叨叨的，難怪有時候我覺得他還是喝酒比較可愛。

「你不是說牛頭馬面給你的石頭嗎？」我真是無法忘掉那顆沉甸甸卻很漂亮，美麗又奇怪的石頭。

「阿奇，你過來，我告訴你牛頭馬面的事。」他忽然變得一本嚴肅起來：「我跟所有的人講，沒有人相信，你可一定要相信才好。」

他把我往教室後頭水塔的方向帶，一路上，仍然叨叨不停要我念書，要我別再貪玩了，一定得做個好孩子，我忍不住頂了一句：「你自己就是好人呀？你如果是好人，還會用石頭砸癩皮狗？」

「誰說我用石頭砸癩皮狗？」他大聲為自己申辯：「我看到過牛頭馬面以後還

敢做壞事呀？哪有那個天大的膽？他們不一下子把我叉到陰曹地府裡去下油鍋、上刀山？哦，有了，有了，有一次我是看到一條凶霸霸的大狗欺侮一條又瘦、又小、又跛的小狗，我老遠看牠咬得小狗皮綻肉破，遠遠趕快扔個石頭過去，把大狗趕跑，就只那一次了。」

「人家還說，你用石頭砸人家的花盆。」

「啊哈，那是有一次我看著一隻烏秋[9]正要啄到一隻母蜻蜓，我用石頭去驅趕烏秋，一個不留神，把人家的花盆砸了，後來我還花了半個月的薪水去賠了人家花盆呢。」

「你還曉得哪一隻是公蜻蜓？母蜻蜓？」

「當然，點水的是母蜻蜓，筆直筆直飛的是公蜻蜓。而且，公的瘦瘦小小，母的肥肥壯壯。」

走過教室後頭的一個破舊的小草棚，汪汪汪衝出來一群大狗小狗，看了阿仙，一隻隻歡天喜地的朝他搖尾巴，好像碰到多麼親密的親人了。阿仙一面揮手，一面叫

[9] 大卷尾，一種鳥類，又名黑卷尾，在台灣俗稱烏鶖或烏秋。

著：「別鬧別鬧，開飯的時間還沒到，走開走開！」

看狗兒對他那麼好，倒好像證明了他真是一個不會用石頭砸狗的好人。所以，我也再不問他同學們所說他還有的另一個缺點：喝了酒就隨地大小便的事了。在這個一年難得看到幾個外地人的山上小學，誰不曾在野地裡撒尿？我想，說不定那個紅紅鼻子的校長也曾！

來到了水塔，他遠遠就朝那座高高大大的水泥塔指：「我就是在那裡碰到他們的。」

「你說，牛頭馬面住在水塔上面？」

「不是。你聽我講嘛，那一天，水塔的馬達壞了，抽不出水，我就爬上去修，修好馬達，正要下梯，還走不到兩級，突然間，我覺得頭一陣麻。」

「你喝酒了？喝很多很多酒吧？」

「是喝了一些，可是一點也不是酒醉，酒醉頭是會發脹發昏，從來不發麻。」他露出堅定的樣子：「我覺得就像被電麻到一樣，腦袋瓜頂上一根根頭髮都豎了起來。接著，眼睛看到一陣光，黃青黃青的光，我以為閃電，要打雷了，急忙要下梯子來，沒想到腳一邁，人就騰空起來。」

「你酒醉，從水塔上滑跤了？」

「你聽是不聽？那麼高的塔摔下來，我今天還能跟你在這兒講話？」他揮了揮手，不准我再插嘴，繼續說：「我說我騰空起來，就是像騰雲駕霧那麼個樣子，飛起來了，奇怪啊，我沒有翅膀，甚至連手臂都沒有揮，人就向上飛上去。真的向上頭飛，因為我看到地上的草啊，樹啊，教室啊，升旗台啊，連一整個雲頂國小，一整個村子都看到了，就像站在高空中往下看那樣，房子啦，山上的工寮啦，每一棟都成了火柴盒。

「我只感到渾身一股熱熱的，有一道光罩著我，把我一直一直往空中提，後來，罩著我的光變混變濁，我看不見地面，看到的是一個圓圓的房間，我就在房子裡。

「有兩個人不像人，鬼不像鬼的，像飄一樣的飄走過來，哇呀我的媽，我想我一定是完蛋了，祂們可不是陰曹地府裡的牛頭馬面嗎？

「兩個人，不，兩個鬼，長得青青的，臉也青青，身也青青，手和腳也青青，我倒不記得祂們手和腳長得什麼個樣子，只記得眼睛不一個顏色，是雞蛋黃那樣的黃晶晶，水晃水晃的顏色。

「祂們朝我走過來，我嚇得急忙跪下來，向祂們一拜再拜，告訴祂們，我大陸還有老爹老娘，而且除了打仗，從不曾殺過人放過火，也沒有做過什麼傷天害理的勾當，請祂們饒了我一條小命，後來，我不知道是被祂們勒昏了，還是自己嚇昏了，或者是被祂們用什麼鬼東西搞昏，總之，後來的事我就不記得了。

「當我醒過來的時候，我發現整個人就直挺挺的躺在地面上，太陽刺得我眼睛張不開，我倒好像是一覺醒來，不過卻累得腰痠背痛，連站起來的力氣都沒了。」

「我看，你一定真醉得從水塔上掉下來吧？」我想，那有人會飛到半空中的事？別說是我，想必全世界的人類誰也不會相信！但他的神情卻更加認真，他從口袋裡掏啊掏，又掏出那顆用一塊舊舊的布包著的奇怪小石頭：「我告訴你，我醒過來的時候，覺得口水都嚥不下去，嘴巴裡彷彿塞了什麼，用手一掏，就從嘴裡掏出了這個石頭來。」

「真的？」我瞪大了眼睛。這可真太玄奇了！

「還有更奇怪的呢。」他把右邊鬢角上稀稀疏疏的灰白頭髮往上撥，露出他右邊的耳朵，只見他耳朵上方的輪廓上，竟缺了一個角，出現一個深深的凹痕，好像是被剪刀剪出來的，看來有點噁心。

「阿奇，你說怪不怪，耳朵上頭出現這樣一個深深的痕，怕不是被剪掉一塊肉去，可是我朝它摸，既沒流半滴血，也沒一點疼痛。」

「同是那天的事？」

「對，我自己耳朵我自己還不清楚嗎？在那天以前，甚至，在我爬上水塔以前，我的兩隻耳朵都一個模樣，沒有半絲半毫傷痕。」

我想去摸一下他的耳朵，覺得心中怕怕的，一直不敢伸出手。

「後來，我自己掙扎著站起來，走回宿舍，幾十公尺遠，走了怕不有三四個鐘頭，全身的力氣都沒了，回到家，朝鏡子一瞧，可怖哪，臉上一點血色也沒有，一片慘慘白白，好像是墳堆裡挖出來的。

「我在家裡足足躺了七天七夜，自個兒熬薑湯灌，校長、老師們都說我喝酒喝壞了，要死了，一個禮拜以後我居然好了。一好起來，我趕快下山到城裡的廟裡去拜城隍老爺，怎麼問，怎麼求，都問不出一個結果。我還跑到一個道觀裡去看十殿閻羅的畫像，也沒看到這個樣子的鬼，可是我想，說不定畫神畫鬼的人自個兒根本沒看過神鬼是什麼樣，人云亦云的隨著想像亂畫一通，總之，我這一輩子真的遇上奇事，給我碰到牛頭馬面了！」

那天晚上我回到家，心中有一百個疑問，但我只是問了爸爸一聲：「世界上真有鬼嗎？」立刻又換來一個巴掌。

好不容易挨到上學的時候，我問班上的同學，他們之中，竟沒有一個看過阿仙有什麼石頭不石頭的，更沒有人看過他的耳朵有什麼奇怪的凹痕，他們雖然對我不好，倒沒忘了警告我少和酒鬼鬼混：「搞不好酒鬼把你煮了當下酒菜！」

沒多久爸爸的工作又換地方了，我在雲頂國小只待了三個月，也就是在阿仙帶我到水塔底下，告訴我看到牛頭馬面的事，還給我看了他耳朵上的怪怪凹痕以後不到一個星期，我就又轉學了。這一次轉到一個靠近城鎮的小村學校，同學們穿得好，便當的菜色也豐富，學校有幾十個班，一個班裡擠擠坐滿四十幾個人，只是，人雖多，我和他們談到阿仙的故事，沒有一個人相信。而後來有一次我碰到一位雲頂國小的同學，我向他問到酒鬼阿仙的事，他說，阿仙死掉了，是喝酒喝得肝壞掉而死的。我問他有沒有人看到他的小石頭？他連連搖頭。

從此以後，我再也沒有聽過阿仙的任何消息了。年歲漸長，我雖然一直不相信有什麼牛頭馬面的事，對於當年親眼看到阿仙手上的石頭，以及他耳上那個深深的痕，卻依然印象深刻。只是畢竟時間久遠，已逐漸把這件童年往事給忘了。

「巴西老酒鬼朵羅索·尼特，住在村中一座高山上一所高高的閣樓，現年六十六歲，嗜酒如命，成天酒瓶不離身。據他所說，上月十七日那天他獨行在閣樓附近山徑上，突然天降一道奇異光束，將他提升至半空中，隨即不省人事，等他醒來，只覺全身發軟無力，口中含有一奇異硬物，右耳上且出現一道奇怪的凹痕」。

連日來，這個消息幾乎傳遍全球。電視上還照出那顆石頭及朵羅索·尼特右耳的照片。舉世諸多科學家研判，驚疑他是和「來自外太空的不明訪客」發生了什麼樣的接觸，而讓我驚訝萬分的更是：不但這位朵羅索·尼特先生和阿仙一樣住得高高的，一樣嗜酒如命，一樣獨來獨往，最教人不敢置信的還是那個小石頭，那個耳上的怪痕，完完全全與我記憶深處裡的酒鬼阿仙的一模一樣。

只是，二十一年前往事已如塵煙，阿仙早已成了仙，今天我就算說破了嘴，恐怕也沒有人相信，我看阿仙的故事，就讓他永遠成為一個牛頭馬面的神話算了。

（國家文化藝術基金會獎助寫作計畫作品）

「時習而學之」的漫畫家

老畫家帶你同登台灣第一高樓
國賓頂樓好摘星

還記得諸葛四郎、真平大戰魔鬼黨和雙假面，與哭鐵面笑鐵面拚得你死我活的故事嗎？不記得當是合理的回答，一旦說聲還記得，那代表的是你的芳齡曝光了，至少已經七十歲啦！

這已是六、七十年前，少年兒童讀者永難抹滅的童年記憶，不但是童年記憶，甚至是童年往事，因為當時有太多小朋友們看得入迷，乾脆化身為故事中人，一下了課就掄起手臂手刀，和敵對一方戰個天昏地暗你死我活。

當年除了四郎真平，還有《天馬俠》、《月光假面》、《小棒球王》、《飛鷹少年》、《孟麗君》、《小俠龍捲風》……等等膾炙人口的漫畫故事。究竟是什麼人在什麼地方創造出這些扣人心弦的精彩故事、緊張刺激教人難忘的連環畫面呢？

如今的「當年小朋友」都已七十歲左右，他們所著迷的漫畫書推算起來，編者繪者當今恐怕至少也有八、九十歲甚至上百歲了，如果不趕緊去追蹤他、訪問他，只怕往後機會日少，於是訪問變成是與時間賽跑的工程。

很幸運的，找到了！找到的這位畫伯阿海先生，雖然不見得是全台灣當時最具代表性者，至少也可以從他口中所述一窺其貌，啊！當年萬人著迷的漫畫書，原來是這樣變出來的。

以下是畫伯阿海先生訪問記：

十七歲開始，我的職業是漫畫家，當然這名銜只是當時社會上通稱的一個行業——以畫漫畫為主要收入的人。我去從事這一行原因只有一個：我必須賺錢，而我只有兩個選項：要嘛出門工作，把錢帶回家來，或是回家承接一坎鄉下小小柑仔店，賣肥皂醬油麵粉白糖和豬肉，如想賺多些便去學殺豬。

我選擇了外出賺錢，拿著一枝綁著五毛錢買來的沾水筆筆尖的竹筷子，和一瓶墨汁，去到陌生的台北，畫漫畫。

我前前後後直畫到二十一歲接到征兵召集令才離開出版社，結束我的畫漫畫生涯。此後半個世紀以來，我未再從事漫畫方面的工作，連談都很少談。如今既然受訪，我就來個知無不言，言無不盡，帶大家重回五十多六十多年前台灣漫畫的歷史現場。

■

問：老師又能編故事又能畫故事，聽說並未受過完整學院教育，我們實在很好奇究竟是在什麼樣的成長背景所造就出來？

答：人家是學而時習之，我命苦，一向都是「時習而學之」，還沒有學多少本領，就得上前線打仗去，然後一面打仗一面學著瞄準、射擊以及挖戰壕自保。

我從國小四年級開始就知道我特別喜歡畫畫，課餘時間一直畫不停，當時鄉下學校沒有什麼美術課程，我可說完全是自習自學，同學們買來讓全班輪著看的漫畫書，成了我最重要的學畫範本，所以學畫自然而然先學漫畫。

民國四十年代台灣漫畫已經非常風行，我小五、小六時期是《諸葛四郎》當道，透過《漫畫週刊》、《漫畫大王》等等雜誌我大量閱讀漫畫，葉宏甲先生的《諸葛四郎》是其中最受同學們喜愛的焦點，週刊每期大約刊出五到十頁諸葛四郎的故事，劇情精彩，情節緊湊，我從諸葛四郎大戰魔鬼黨到大戰雙假面、大破山嶽城……一路看下來，魔鬼黨是四郎漫畫系列之首部曲，葉宏甲先生以這部作品一戰成名。而筆下的四郎、真平、林小弟也個個都成了全台灣小朋友們崇拜的英雄偶像。

《漫畫週刊》和《漫畫大王》都是小開本漫畫，記得都是三十二開，內頁單色，但間有套色而成為局部雙色彩印。最重要的賣點《諸葛四郎》這個單元還常被刻意內摺裝釘，非得買書回去再經裁切剪開否則是看不到的。那時坊間沒有漫畫租書店，只有許多小小文具店，週刊一出版立刻被搶購一空。鄉下孩子並不富有，我也不知道班上總是會有一兩個同學買來了當期雜誌，引得同學爭睹。一本雜誌放在桌上，背後圍著十個八個同學一起看是常有的場面。拿書的人常得貼心一問：看好沒有？要翻囉！後面來不及看完的也一定會大喊：等等啦！等等啦！

一面同看漫畫，一面要防著老師，漫畫書被列為「有害課外讀物」，不但校園不准看，查書包查到也會被立刻沒收。我們懷疑老師沒收了漫畫一定回家自己偷偷看，或是給他的孩子看。後來長大了才想通這個問題：老師一定不會帶回家自己看，老師如果也愛看漫畫書，就不會把漫畫書視為有害之物了。

同學們歡喜看漫畫，看完還在操場上、走廊裡大玩戰爭遊戲，人人都認為自己就是諸葛四郎，再不濟也是第二男主角真平、配角林小弟，如果有人自稱是哭鐵面、笑鐵面等反派人物，肯定被眾人圍殺得哀哀求饒。

除了諸葛四郎，還有《天馬俠》，記得是林大松先生所繪，另外印象較深的還有《小棒球王》及《月光假面》、手塚治蟲先生畫的科幻漫畫《鐵腕小湯姆》等日本翻譯漫畫。除了葉宏甲先生的《諸葛四郎》，手塚治蟲的科幻漫畫對我影響也非常大。

看多了漫畫，也開始試著自己編畫漫畫書。小五時我的祖父帶我隨團去中南部進香，有一晚我們夜宿鹿港鎮，晚飯後爺孫倆相偕看布袋戲，回來以後我把劇情畫了下來，大約有好幾頁之多，逐頁翻給我阿公看，阿公看得非常開心，但我媽媽卻十分擔心，怕我貪看漫畫書誤了功課。

當時學校印刷使用一種油印機，先用鋼針筆在鋼板上一字一字把文字刻寫在蠟紙上，再以滾筒在印刷機上滾出字跡，同學們向老師借了鋼板、鋼筆，要來了蠟紙請我為他們畫《諸葛四郎》，以便印好一人一張分送大家。我畫了許多張，卻有一張畫戰爭大場面的作品在印刷時把蠟紙放反了，印是照樣可以印出來，印出來以後整個戰場上無論官兵或盜匪，個個都成了左手劍客。

我從小六開始投稿，也曾獲刊出，可惜都沒有留下來。手繪了一本又一本漫畫書，也因為隨著年齡日增越發覺得內容幼稚可笑而一一丟棄。

那一切，都成了我日後踏入職場初試啼聲的營養。

問：老師從十七歲開始畫漫畫生涯，當時是什麼樣的機緣呢？是一去到台北就開始畫漫畫嗎？

答：我因家貧，讀到高二就輟學了。失學之後有兩個選擇，一個是留在家中幫忙做生意，我家在鄉下小村裡賣五金、雜貨和豬肉，勤奮一點是可以度日的，但我有可能總有一天必須拿了殺豬刀去屠宰場學殺豬，這是我非常懼怕的事。另一個選擇便是外出去找一個可以為家裡增加收入的工作，我選擇了後者。

但我別無一技之長，自認為或許可以當一個漫畫家，先以三個月的時間在家裡畫成一本漫畫書，畫完便輾轉搭車到台北市，按照偷偷從書店裡抄下來的漫畫書出版社名稱、地址，帶往台北求售。

第一本書鎩羽而歸，原因是我不知道漫畫原稿必須畫成單面稿，我卻笨笨的畫成了像出版品一樣的雙面稿，老闆接過畫稿一翻直接退了。

第二本還是被退掉，因為我把對白寫在對白框裡，出版社的做法其實是把對白用鉛筆寫在稿紙外側，再交給打字小姐逐頁打字，打好字以後才擦去鉛筆字的痕跡。

當時的漫畫書單行本每本大約一百二十頁左右，我在自己的家裡畫，就站在小雜貨店前一個高度夠高的櫃台前，悶著頭一頁一頁的畫，一面顧店一面畫，往往畫一頁就得暫停好幾回，遇到好奇的客人還會站在旁邊問個沒完，順便指指點點，所以畫得蠻辛苦的。好不容易完成一本，出版社的老闆三秒鐘之內就拒絕了，挫折啊！

依著標準格式日夜努力，完成了第三本，還是被退了。退件的原因是這一家出版社主打少女漫畫，要的是愛情戀愛故事，而我畫的作品是武俠劇。我沒有事先做好功課投錯了門，只好到書店努力翻讀，找到了另外一家。

當時的漫畫出版界已非我就讀小學的環境了，讀小學的民國四十年代後期，漫畫以週刊雜誌的型式出現，三十二開本的一小冊，大約容納十種左右的不同單元，每個單元三、五頁到七、八頁不等，內容五花八門，武俠、神話、民間故事、奇幻、幽默故事都有，我記得劉興欽先生的作品當時好像也有了。

到了我嘗試上台北執筆畫漫畫的時候，大約已是民國五十年代中葉，漫畫週刊之類的出版品突然一一消失，《諸葛四郎》從主流漫畫市場退出，只剩出版單行本套書，所有的漫畫書變成稍大開本形狀，紙質變厚，此時發行對象不再是個人，而是出租店。漫畫出租店一家跟著一家開得到處都是，全台灣或許有一、二千家，每家訂一本就是一兩千本的印量，熱門畫家的作品甚至一家會訂個三五套、十套八套，出版社是有獲利的。小朋友們看漫畫不再自己買或同學合起來一起買，而是直接到出租店租幾本回家看，出版社因應市場變化，開始大量出版這樣版型的漫畫書以供應出租店的需求。

此時日本翻譯漫畫在台灣漫畫圈已經少見，出租店裡幾乎都成了本土漫畫家的天下。漫畫依內容大致分成武俠、愛情、古裝故事、偵探、少女等幾個大類，各擁讀者群。出版社投石問路，遇有暢銷者立刻一窩蜂跟進，有些比較小咖的漫畫家只好依著老闆指示及市場風向，隨時調整自己的風格和故事內容。

比較有名的武俠大師首推陳海虹先生，他自古早時代的學友、學伴、新學友、東方少年時代便是膾炙人口的插畫專家，擁有深厚的傳統漢畫基礎，以硬筆來畫水墨作品，山川、樹叢、人物，一律都用沾水筆來畫，用筆暢快而充分形塑出個人風格。他的成名作《小俠龍捲風》名噪一時，引為當代武俠漫畫經典。他的大徒弟游龍輝先生從老師的筆法中跳脫出來，筆風犀利簡潔，作品中也不時注入一些詩詞與文學的元素，作品的市場接受度也居高不下，無負名師高傳。

古裝故事中的陳定國先生畫《呂四娘》、《孟麗君》，筆法纖柔，加上漸層的網點使得畫面更是優美，他獨創的古裝仕女描寫技法後來大大影響了許多人，夢龍便是畫風近似者之一，作品也頗有盛名。而葉宏甲先生的《諸葛四郎》也出現了好幾個模仿其筆觸的山寨版畫家，故意取近似之筆名，使用近似的筆調，只是故事內容高下懸殊太大，完全無法撼動葉宏甲的地位。

林大松先生曾一度輝煌，和許松山先生都是武俠故事的高手，至於以《牛伯伯打游擊》著名的牛哥先生，發表方向以在報紙上連載和單行本為主，單行本的版型及通路和我們熟悉的漫畫出版圈子是不同的一條路。

我們這一圈的出版社，全盛時期大約有五十家左右，規模大小不一，大的至少有三十位以上基本漫畫家常駐。為了便於管理出版進度和掌控作品內容，大多集中在出版社裡作畫，出版社的每一個空間不是堆滿了漫畫書就是擺滿座位給畫家作畫，連狹窄的走道都常常被擺滿桌椅。出版社以資齡、知名度和作品暢銷不暢銷為支給待遇標準，大出版社擁有大咖最多，大咖連座位都比小咖大些，在裡頭也備受後輩尊敬。規模小的出版社只有三、五個畫家在裡頭畫畫，也幾乎都是剛出道的小咖畫家，這些小畫家常得接受出版社老闆指定以模仿暢銷畫家筆調自編故事來作畫，順便勤練技法。他們的稿酬微薄，期待的便是有朝一日也能打出知名度受到市場歡迎，而晉身為大咖。

出版社彼此之間有些相互協力支援，有些則彼此視為仇家老死不相往來，同業之間往往也充滿爾虞我詐，總是想方設法打聽對方將推出什麼類型的作品，即早因應尋求對付及破解之策。老闆們明爭暗鬥，畫家彼此也相互防範，我初出道時常常喜歡站在前輩師兄師姐背後看他們作畫，往往看得悠然入神，後來才知道這是讓人無法容忍的動作，若非大家看著我是一個鄉下來的不懂行規小孩，不被轟走才怪。說實話那時大家待我都非常好，我遇到問題他們無不傾囊相授。例如畫漫畫格線大家都用鴨嘴筆畫，我用的是磨禿了的沾水筆，一位師姐（年紀比我輕，入行比我早）大概是看不下去，把她的鴨嘴筆借給我，並且耐心教我使用的方法；另外有一位畫得非常精彩的畫伯大師兄，不斷向我提醒打好素描基礎的重要，甚至直接在院子裡撿了一塊磚頭要我畫，我在工作之餘就畫這塊磚，整整畫了三個月，他則勤加指點。這個圈子雖然競爭，卻也充滿人情味，我欣喜遇到許多貴人。

我們住在出版社，寢室條件根本無從講究，只求有個鋪位就好。中山北路國賓飯店斜對面有條巷子，一家設在巷裡的出版社是一棟日式老屋，整理得乾乾淨淨，地板光可鑑人，我白天在那裡畫畫，晚上直接睡在地板。那時我連電話都不會接也不敢接，而且是到了台北才第一次坐上抽水馬桶，睡地板感覺上非常舒服，毫無委屈之感。

大家的三餐大部分都吃「包飯」，附近有小餐館前來招攬，個人依著需要訂妥每日吃一餐或是吃三餐，吃「A餐」或是吃「B餐」，時間一到業者便騎了單車準時送來。圓筒狀的便當盒分成三格，下層裝湯、中層裝飯，上層裝菜，AB兩者的差別只是裝菜的小盆多了一層，菜色多了幾味，吃這樣的包飯大致上一個月約一百多元到兩三百元不等。有時我們也會一起逛出門去外面吃東西，有一陣子我在台北圓環附近出版社畫畫，師兄師姐們偶而會吆喝大家去圓環吃東西，我為了省錢難得和他們出門，印象最深的一回，一位粗獷活躍的大師兄直接為我點了一盅蛇肉湯，師姐或師妹制止不成，但我實在是難以下嚥，勉強吃了幾口，回出版社路上走沒幾步就在路邊吐了個七暈八素，後來成為大家的笑柄。

我住在中山北路那座日式房屋時，有位比我年紀更小了一兩歲的少年同事帶我去逛國賓大飯店。那時國賓樓高約十一層，已是整個台北市數一數二的高層建築。小同事帶我進了大門，大搖大擺引我進到電梯，直升頂樓，那是我第一次搭電梯，內心真是驚異不已。

上到頂樓出電梯，再走樓梯更上層樓，我記得那頂樓上的更高一層名叫摘星樓，我們在夜色中憑窗四眺，欣賞無比瑰麗壯闊的台北夜景，覺得摘星樓之名取得真好，彷彿真要摘到星星了。

心虛的下了樓，居然飯店裡沒人問我們一聲，我才放下了忐忑的心。

台北畫漫畫的日子就一如我說的「時習而學之」，在那以前我所有自修的畫畫本領一到了出版社簡直醜陋得無法見人，我每次偷眼看一下同事學長們的作品，都有如在偷本領般努力學習。但我的問題除了先天技法養成不足，後天使用的「武器」更是拙劣無比。我初次進到出版社一看傻了眼，每一位畫家桌上都是一整個筆筒各式各樣的筆，我們使用最頻繁的沾水筆一插就是一整筒，之外各種粗細毛筆，鴨嘴筆、還有更多是見所未見也不知其用法的工具。他們作畫時，除了右手握緊正在使用那一管筆，左手往往還抓了好幾枝不同效果的筆以便隨時更換。大致上是粗線用粗線的筆、細線用細線的筆，畫格子用畫格子的筆，畫特效用特效的筆。當年畫漫畫不像現在還有各種背景貼紙、網點貼紙可以裁切運用，任何畫面都得純手工一筆筆仔細繪製，看他們專注、專業的神情簡直教我幾乎要打了退堂鼓。

我帶去的是什麼工具呢？就是我在鄉下小店裡一面顧店一面作畫使用的筆，是文具店買來的五毛錢一枝的沾水筆尖，用橡皮圈緊緊綑綁在一根竹筷上，就這麼一枝筆。筆桿一根一塊半我捨不得買，用竹筷子當筆桿湊合著用。

畫外框格必須畫出較粗的線條，可以任意調整線條粗細的鴨嘴筆是常用也好用的工具，但鴨嘴筆貴極了，我便用使用已久準備要淘汰的沾水筆來畫線條。沾水筆用久了筆尖會磨損，筆觸因而變粗，我在水泥牆上再多磨幾下讓它變得更粗，畫線條和格子也可以和鴨嘴筆畫出一樣的效果。只是，如此寒酸的工具拿到台北來實在難登大雅之堂，但畫著畫著，當我的作品銷售成績越來越好，老闆給的稿費越來越高，似乎也再沒有人注意我用的是什麼樣的工具了。

在台北我完全不會搭公車，而且車費也是能省便省，因此初到台北時都安步當車，步行前往出版社。延平北路過了台北橋之後有一家會文出版社，我從台北車站下了火車一路走完三段，走到出版社。而這還算是最簡單的行程，因為一段走完走二段，一路往前走過了台北橋便可來到三段某一條巷子找到出版社。比較辛苦的是潮州街有一家有名的文昌出版社、廈門街有一家新新出版社、太原路有一家不記得名字而且規模也很大的出版社，這些道路我都不知該怎麼走，便仔細從車站牌上找線索，找到路名之後牢牢記住那一路公車的編號，一站一站逐站追蹤下去。當然，公車絕不是筆直走的，每一路公車的路線都是迴來繞去，我只得跟著迴來繞去，走了好長好長的冤枉路。但無論再怎麼辛苦，稿子獲得採用便是賓果了。也是這樣的原因，我在台北走過許多大街小巷，有機會目睹當年重慶南路書店街的風采、牯嶺街舊書攤棚屋裡的舊書書海及許多禁書，還逛過廈門街昔時的螢橋風光。那些牢牢映在心版上的台北風光，而今早已消失在完全變貌的台北了。

賣稿子是非常辛苦的事，大熱天大太陽下步步行走於台北市區大街小巷固然辛苦，淒冷隆冬天也一樣是辛苦，但當我的第一本漫畫稿成功賣給會文出版社，沒多久又賣出另一本給另一家勿忘在莒出版社之後，我覺得有了信心，第三本我不再只畫單行本，而是分成上下兩集來畫，畫完又順利賣出。此後先是位於中山北路二段一條巷子裡的勿忘在莒出版社納我為簽約作者，讓我直接住在出版社為他們畫漫畫，後來一度又和文儒出版社簽了條件優厚的約。

那時的漫畫稿論頁計酬，最便宜的聽說每一頁才兩塊或三塊錢，我幸運第一本畫稿就賣了每頁四塊錢，後來一路調整，在我因為服兵役不得不離開出版社畫漫畫生涯時，我每一頁的稿酬大約是十二元，我作畫速度非常快，也喜歡熬夜畫畫，當兵之前，我的收入已算得上十分可觀了。

會文出版社的出版風格是出版一些大眾格調的漫畫書，記得他們本身並沒有特別大牌的畫家常駐，或許老闆採取的是小本經營，穩紮穩打，他們願意買下我的第一本畫稿，開啟了我的漫畫生涯，讓我到現在都心懷感激。

廈門街有一家開業不久的新新出版社，我按址尋訪，和老闆一見如故。後來才知道新新由老闆姚友新先生獨立經營，但姚先生另服務於羅斯福路二段的志成出版社，志成出版社是有名的志成補習班的聯鎖事業，大老闆是台北市議員孫鳴先生，算是赫赫大有來頭之士。志成出版事業主要出版一些升學參考書，補習班規模非常大，還有學生宿舍提供給外來學子住宿。我曾被安排小住幾天，竟然被安排住的是當時沒住人而暫時閒置的女生宿舍，幸好只是短暫幾天，要不然等女生收假回來我可就尷尬了。

志成與新新出版事業同由專任補習班經理的姚友新先生負責，姚先生是一位作家，筆名幽馨，我記得還有其他好多個筆名。他溫文儒雅，待我極為客氣、禮遇，我曾看過他厚厚好幾大本的作品剪貼簿，可以看出來真是筆耕甚勤的文人。但大部分的時候我都看他坐在辦公室大型的辦公桌前打算盤做帳，他使用的算盤上層兩珠下層五珠，整天打得嗶嗶響，補習班的工作想必極其繁重。

姚先生除了出我的漫畫書，還為我出版了第一本文字故事集，收有我在十六歲到十八歲期間在《國語日報》、《台灣新生報》、《中華日報》、《桃縣兒童月刊》、《文林雜誌》、《青年日報》（當時叫做《青年戰士報》）等等報章雜誌兒童版上發表的童話故事、生活故事、民間故事約六十餘篇，封面及內頁插圖都由我自己畫，這也是我的第一本文字創作集。

讓我的漫畫書出現了較為可觀的銷售成績的，是一家文儒出版社，文儒的老闆以市場上優厚許多的行情和我簽了約，也對我鼓勵有加，若非台灣漫畫市場後來大大改變，我是極有可能一直畫下去的。

問：老師說台灣漫畫市場後來大大改變，指的就是後來諸葛四郎被史艷文打敗了的那一段嗎？我從您的一篇訪問稿中有讀到過。

答：紙本漫畫故事諸葛四郎被新起的聲光媒體電視布袋戲史艷文打敗，是一種時代的變動，台灣漫畫市場極為淺窄，變動極大，這是一般人無可否認之事，到現在都一樣。淺窄的市場變動特別快，勢所難擋。

我在文儒發表童話漫畫《大鵬燈》（一共四集），獲得蠻不錯的好評價，可惜此刻我接到了兵單，文儒的老闆大為惋惜，鄭重相約退伍後再續畫緣，沒想到我當兵一當三年，回來之後台北漫畫界已經豬羊變色了。

就在我服兵役的三年之中，台灣布袋戲從野台堂堂走上螢幕，雲州大儒俠史艷文一夕爆紅成為家喻戶曉的「民族英雄」，偶像就此換人，《諸葛四郎》也罷，《小俠龍捲風》也罷，統統宣告退了位。

當電視機吸走了青少年之後，漫畫出租店迅速從街頭巷尾消失，台北的漫畫出版社從四、五十家萎縮到只剩四、五家在苟延殘喘。

我踏出軍營，到台北市尋訪老東家、老畫友，目睹台灣漫畫事業興衰凋零，真彷如隔世。我的老闆許多都不再從事出版業，改行了，我的畫畫好友們統統跟著失業，跟著改行，有一位去開計程車，有去招牌店畫招牌，還有許多則不知去向。我回不了出版社，從此也失去了畫漫畫賺稿費的機緣。

史艷文打敗了諸葛四郎有其時代背景，改良版的新型布袋戲經由聲光媒體通路行銷，平面媒體的漫畫書一時幾乎完全無力招架。電視布袋戲的產出是由團隊分工，製作相對嚴謹精良，台灣那個時期的漫畫卻是由畫家單打獨鬥獨立製作，老闆雖然指指點點，卻也插不上手，更改變不了漫畫圈的結構。在我執筆開始畫漫畫時，我只是一個十七歲的孩子，沒讀過幾年書，文學素養極其有限，但我畫一本漫畫書，從故事的架構到劇情發展、漫畫分格分鏡、角色的個性特徵及定型定裝、角色間的相互對白或獨白……，林林總總的大工程完全自己一個人包了，如此艱鉅的事，由一個人自己獨力去做，現在回想還真是大膽。我還只是畫完一整套書稿才交給出版社逐期出版，許多同事學長則是邊畫邊出版，前一期已在出租店了，後一期連故事怎麼發展都還沒想出來；甚至一人接了幾個案同時進行，我就看到有前輩畫友日夜不停的趕畫，畫完甲出版社連載的幾頁之後，立刻畫乙出版社連載的另一故事的幾頁……，一個人同時進行三、四個不同的故事，竟然精神不會錯亂，而且讀者好評如潮，真是讓我歎服不已。

但一個人完成整個故事畢竟是太辛苦也太艱難了，當時整個台灣的漫畫界差不多都是如此，除了少數天才型畫家，一般而言品質真是無法掌握，人人卻司空見慣，讀者們就被餵養著這樣水平的作品，長期下來台灣漫畫的整體素質不江河日下也難。史艷文故事的鋪排及呈現背景，絕對是我們無法與之相比的。

問：何以在近代台灣漫畫史上備受爭議的審檢制度，我從資料中看到老師似乎反而並不覺其有大過？

答：我是極其憎恨審檢制度的，創作之最可貴者無非自由自在任創意飛翔，審檢簡直是一條無形的鎖鍊。但此事有其背景，而且說他一手扼殺台灣漫畫生機，也未免言過其實而誇大了。

我在台北畫漫畫的後期，也就是我接到兵單之前大約半年，政府忽然下令推動漫畫書審檢制度，今人痛罵審檢制度扼殺了台灣漫畫生機，有些說得對，有些則失之偏頗失焦。因為台灣漫畫之興衰有諸多因素，並非只是審檢一個原因。

就像我剛剛說的，那個時期台灣所謂的漫畫界由於幾乎都是一人創作產品，良莠各異，固然不乏佳作，畢竟一人思慮及學養有限，截稿匆匆，產出的作品許多還是難免粗製濫造。我們看同一時代的日本漫畫家早已是團隊作業，工作室往往組織龐大、分工清楚，也都各具專業，產品質量俱佳。我先前所舉的《天馬俠》、《小棒球王》、《月光假面》等等作品都是日本漫畫，即使直到目前，日本的漫畫家依然態度嚴謹、工作敬業，日本能成為世界漫畫大國可說其來有自。相形之下，我們那時期的出版商喜歡急功近利一窩蜂炒短線，漫畫家喜歡天馬行空一路編下去一路畫下去，真只能以天才來形容了。在這樣的社會背景之下，目前台灣有好幾位漫畫家能在國內、在日本嶄露頭角，真是難得的奇葩。

審檢制度在當年那樣的時機點出現，當局或許沒有想要挽救台灣漫畫的壯志，因為我們當時看到的、聽到的審檢水平實在是令人不敢恭維，根本教人無法寄予信任，也無法想像其懷有任何理想，唯一可以確認的就只是政府把他的手伸進來了。

這個制度規定所有漫畫書在出版前一律要先送審，審查的規範含糊籠統，例如主題正確，不得荒誕不經等等。什麼叫做主題正確呢？難道要漫畫家只畫反共抗俄的時代題材？只畫三民主義的政治正確？漫畫本是自由創作，自由發想、自由發揮，在不得荒誕不經的大帽子下，大概現在所有的宮崎駿作品無一能獲准出版，《魔戒》、《哈利波特》、《阿凡達》等等曠世巨作就更甭提了。

送審時要一併呈上一筆審查費，送審無論有沒有通過，審查費一概都不退還，出版社等於是被政府額外抽了一筆必須預繳的出版稅。而漫畫家更慘了，辛苦畫好一本，一旦通不過審查心血和勞力就完全白費。我知道我許多畫漫畫的畫友出身清寒，靠的就是這一筆稿費當生活費，有些還得寄回家鄉給父母以分攤家計，以前畫完一本便有一筆收入，審檢者只是老闆一個人，老闆說了算，現在期望不時落空，連生活都沒了著落。更荒謬的是前幾期已經出版，後面要接續出版的作品突然被勒令改這改那，完全趕不上如期出版，害得下游的出租店生意都做不下去。

有的退件原因教人匪夷所思，例如「主角太醜」這樣的審檢通知，連主角的長相也被干涉，一句主角太醜，難道整本書的主角臉部都得一一修過？審查單位的水準讓人不敢恭維，審查的目的何在更是教人無從捉摸，真可說是典型的惡搞，難怪一時之間民怨沖天，出版商和漫畫家如臨末日。

或許你看到關於我對審制度的評價是片段的，因為我還真是不明不白的在審檢制度中撿到了便宜。我的作品居然神奇的對上了審檢官員的胃口，這是連自己都搞不懂的神奇遭遇。

審檢開始時一切只是一個亂字，我在文儒恰巧自編一套童話故事準備出版，一套四集，裡頭有隨我亂掰的獨眼巨人、魔獸巨怪……，不但沒有被打回票，而且還在公文中被大加讚美一番。其實這一套書送件之前老闆心中頗為掙扎，內容根本完全的荒誕不經，前面早有幾件其他同仁被依此理由退件的先例，再送豈不是白白花了審查費？但最後他還是決心一試，沒想到獲得官爺讚美有加，我的稿子直接送進了印刷廠堂堂上市，稿酬也在當月大幅調升。

審檢教許多人吃盡苦頭，我是幸運兒，連連過關的原因迄今依然不解，因為畢竟我還是新手，圈子裡功力高深而且文采美盛的前輩高人個個都是我所望塵不及，而他們卻連連鎩羽。

但我依然要批判審檢制度，就算是政府真有匡正台灣漫畫之偏斜積弱的目的，也應該定出符合創作真義的審檢法規、派出有足夠水平的審檢官、提出有足夠令人信服的准駁理由方得服眾，否則便是惡吏擾民，無端為白色恐怖之罪衍加柴添薪。

問：老師在這些年來曾舉辦過許多場畫展，請問有沒有以漫畫為主題的專題展出？老師迄今依然勤於創作，現在是否還畫漫畫呢？

答：我有一位敬仰的寫作領域恩師生前曾說：人有命運，作品也有命運。這句話我隨年歲日長感受日深，因為作品的命運是寄附在作家畫家身上的，作品甚至比作家畫家還更脆弱。

我當完兵眼見台灣的漫畫市場已如大江東去，回不了出版社，即使繼續畫漫畫也沒有出版機會，只好另覓新職，這一下就在新覓得的職場待了四分之一個世紀。等到再次抽身，還是看不到自己在漫畫這一行能有什麼機會。

最重要的原因是，現在的漫畫產出已非個人單打獨鬥的手工業產品，而是各司其職的團隊經營，我不喜歡這樣的創作方式。半個世紀以來我偶爾興起也曾在報刊雜誌零星發表過一些時事漫畫、政治漫畫，卻自知並非長久之道。再看近年台灣漫畫，雖然依舊常見畫家一人單打獨鬥之局，較具知名度者總有一個規模大小不一的工作室協助，關起門一個人作畫的產品已難與集體作戰成品相匹敵，市場競爭力自然不如，而我不擅也不喜集體工作，因而知難而退了。

幸好的是我喜愛創作而創作方式多元，即使少了漫畫這條路，倒也不怕沒有其他領域可以玩，繼續開心創作仍是我的生活重心。而迄今在海內外舉辦過的近五十場個人創作展，內容多元，竟無一以漫畫作品為主題，這也是命定啊！

吃了老實藥的徐前縣長

老縣長大筆一揮
一百八十度翻轉神社命運

曾經擔任兩屆桃園縣長的徐鴻志先生八十二之齡走了，徐的一生曾任教職公職與民代三十年，算是人間金字塔頂層一族，但回顧他的一生，卻是榮華富貴少，寂寥落寞多，他是一位典型的非典型政治人物。

他當縣長時我當記者，有相當長的相處時間，以下略述一二，算是一個記者視角之近身隨筆。

吃了老實藥的縣長

徐鴻志長期抽菸，在煙害防治法實施前抽菸不是禁忌事，但他也深知抽菸不好，尤其在公務機關擔任首長更是觀瞻不良，因此多次試圖戒除，卻都未果。

有一次他鄭重告訴我是真心要戒了，並許下承諾。只是也才幾天，我知道他顯然又破戒了，香菸的特殊臭味是瞞不了人的，但我實在也不忍心說破。

那天我突然走進他的辦公室，他的手上正好點著一支菸，但他迅速的將手一縮，垂到桌面下方，用手掌掩護住菸。

我裝做沒看到，卻因為有重要急事相詢又無法轉身離去，只好站著問問題，一問問久了，或許香菸燙到了他的手，他急忙將之扔了，偷偷踩熄。

這小小動作我們都裝做沒曾發生，但我看到了他對堅守承諾的努力，以及對一位朋友的尊重。

徐鴻志的官舍內有一個小小庭園，花木扶疏，徐也常在上班之前為花木澆水、剪枝，有一天我去公館找他，驚見小園內一棵開得非常漂亮的桃樹被砍了，大驚而追問，他只支吾以對，老半天說不出一個理由。大家都說是砍桃花而剁了樹，他卻連編個謊言搪塞都不會，真是一個老實人。那棟官舍便是他的接任者劉邦友被槍殺之同一房舍，在徐還在縣長任內時，劉邦友偶然前來縣政府拜會走動，進了縣長辦公室常常開玩笑的指著大辦公桌，要徐好好保管使用，因為以後他還要用。相對於劉的霸氣，徐可還真是老實。

神社之存與拆

徐鴻志八年任內最被記憶的，似乎不是建設而是「不建設」，那是有關桃園神社的存與拆之抉擇。

公視在二〇二〇年七月十八日播出了桃園神社的專題「從最初的忠烈祠到最後的神社」，看完不禁好奇，節目中呈現的這一段歷史，和我全程採訪、甚至若干程度還參與其中的那一段歷史，說的是同一件事嗎？見證了所謂歷史實乃具有多方面向，橫看成嶺側成峰，吾人讀史，自當慎之。

我從民國六十一年進入報社大約半年後調往桃園，此後有緣時時親近桃園神社，不時前往神社乃因圖的一個百忙中片刻清靜。

神社在徐鴻志縣長任內出現拆除之聲並面臨拆毀，多少我是始作俑者。在屢屢到訪參觀中，我三不五時發出一則則新聞：玻璃窗破了、蜘蛛網塵封、野狗成群有如荒廢之域等等，甚至更進一步提出：抗日英雄烈士棲身日本人蓋的神社未免太過諷刺等等議題，許多議員跟進質詢，徐縣長決心將之拆除改建成「宮殿式的忠烈祠」，多少也因我實在是吵煩了他。

改建案編了預算，也評選出第一名，拆除工程甚至訂定期日即將發包，神社之毀可說已如箭出弦。有一晚，建築師李政隆先生偕同夫人李雀美女士找到我偏遠鄉居提出了保留之議，我大大吃驚不已，李政隆乃評選得第一的兩位建築師之一位；李雀美雖不熟，卻是和我同屬中華民國兒童文學協會之會友。李政隆甘心拋棄到手的設計費、獎金及監造權益，提出來的理由是這神社價值無比，他頗受良心掙扎而決定放棄一切即將到手者，他夫婦不辭路遠相求，乃盼我也投入保留之列。

於我而言，此乃自摑嘴巴之舉，我分明是極力主張拆除而終獲縣長同意之人，如今竟要我自棄立場！但我在二位遠客詳細解釋之後說服了自己，第二天一早轉而前往縣長室，努力說服徐縣長。

徐縣長斷然否決我所請：「這開什麼玩笑啊，要拆是你說的，現在我編了預算，議會也通過了，你又不要我拆了，我主持縣政豈可以兒戲？」

再三勸說無果，徐縣長之苦惱我可以理解，但我越了解越覺拆除之不當，只好發動輿論在報導上強力行銷保留之重要性，甚且邀同平素總是情義相挺的多位議員，共同舉辦公聽會及神社一日遊等等活動，想必台北方面的努力更見認真，諸多參與熱議不絕如縷，多方學者、專家也連續發表言論。到了最高潮日，當時的《中國時報》以幾乎副刊全版篇幅刊登了張曉風女士的文章，主標或副標中有一句「徐縣長莫作劊子手」大大惹惱了徐縣長，在縣長室好不懊惱的質問我：邱記者我一向非常尊重你也非常尊敬你，你說我是劊子手這一句話我不接受！

徐縣長是清廉耿直之士，視聲譽為第二生命，張曉風女士這篇文章於我看來有如壓垮駱駝之最後一根稻草，他終於決定終止拆除動作，並將首期建設經費即時改為整修神社費用。

三十年過去了，我一直對徐縣長深感抱歉，也感謝他對我的尊重及最後自己推翻自己的勇氣與魄力。如今徐縣長已駕鶴西去，協助我辦出熱熱鬧鬧公聽會的呂進芳議員（後來連任多屆省議員）也已仙逝，有時獨行神社參道庭園，對之緬懷不已。

節儉過八年

徐鴻志熱愛運動，不打花錢的高爾夫，籃球似乎才是他的最愛，任內他大力發展體育運動。每次桃園縣承辦台灣區運、省運、縣運，徐常親自下場參加競賽，每每在全縣公務員賽跑中搶得第一。許多人當著他的面哄然大笑：誰敢跑在你的前面呀？考績不丁等才怪！他自己也哈哈自嘲：年紀有了，腳力差了，承讓承讓。他是受得大家笑話的人。

他的節省是出了名的，但節省可並不吝嗇，別的縣長常編了預算給記者出國旅行，他從不花這種大錢，卻親自陪著媒體人一個一個走遍全台灣每個國家公園，省錢還讓記者們透過國家公園高層主管親自詳為解說、深度認識台灣之美，獲益更大。

他和其他縣長有完全不同的風格，謹慎行走在依法行政的路上，每一分錢都花得小心翼翼。他也是第一個推出縣長「親民日」的人，每星期五上午親自坐鎮一樓大廳，和民眾面對面對話。有人認為親民日三字太過官僚味，他笑呵呵反問：那你給我一個新的名稱，我一定採用。他重視的是實質，而非名目。

兩場選戰離奇過關

徐鴻志第一次選縣長之前，只幹過老師和縣議員，現任桃園市長鄭文燦先生也曾是他擔任八德國中教師時的學生。國民黨初選在許多對手中他的學經歷並非最佳，卻獲得國民黨提名參選，參選時最大的對手忽然在選戰最後關鍵時刻連著多天沒有公開露面，而且選戰還掛出微笑、祥和之類文宣，選舉就是打仗，微笑祥和如何去打？徐順利當選，引起許多有關對手放水的謠傳。第二次投入連任競選時更扯了，最主要的也是唯一的對手，竟在參選登記截止的三分鐘前派人抵達選舉委員會，提出撤回參選登記的文件，瞬間選舉翻盤，徐鴻志等於不競而選篤定當選了。

這兩次競選，引起漫天風雨和滔天謠言，以徐鴻志的硬脾氣和火爆個性，若說他在幕後動了什麼手腳而教敵方不戰而降，相信的人似乎不多，但事實就是如此驚悚，如今隨著徐鴻志的離世，真相也被帶走了。

徐鴻志任內不曾炒過地皮，或許難免有人打著旗號做了些什麼，卻非他之所為，這是極其難得之事，算得上是一位清廉好官。可惜這樣一位好官晚境並非安泰，據說他在離任縣長職之際，有人拉他去參加一個建設公司，他當了董事之一，未幾公司倒閉，負下巨債，他雖非董事長，卻是連帶保證人，而在陽光法案[10]之下他的財產一併也無所遁形，幾乎連老本也都被查封。老實人從政，真是無法和奸狡之徒為伍啊！

10 陽光法案，又稱「信息自由法」、「資訊公開」或「資訊自由」，其基本假定是「在一個民主社會，人民有權利知道有關公共政策方面的決定究竟是如何達成的」。而最被矚目的則是公職人員財產必須在透明化規範下一一公開申報。

頭寮賓館的諜報行動

當記憶不再塵封
為你解密電話如何敲

一束古老故事，趁著仍有記憶，趕快講給你聽。

化身蜜蜂飛進頭寮

事隔十年，當年我究竟如何進入三層警戒的頭寮賓館，抓到了那個全球獨家呢？屢屢被問起，我乾脆回答說：我是化身為一隻蜜蜂飛進去的。

頭寮賓館，經國總統遺體安厝之地，如今成年開放供人進入追思，進入只見陳設簡樸而帶著典雅不俗的氣韻。而在一九八八年以前，此地卻是管制森嚴，凡人免進之禁地！

因緣際會，我成了這個神祕禁地第一個闖入，並將內部情景毫無保留曝光的媒體人。

那年一月十三日經國先生去世時，我接任某大報駐桃園縣特派員才二十天。彼時頭寮賓館神祕面紗未除，經國先生遺體行將移奉於此，久已未用的賓館整修、改裝工程如火如荼，媒體記者蜂湧而來想要進門採訪、拍照，但軍、警、憲重重戒備嚴禁任何闖入者，竟無一得以獲准進入。

我們負責大溪、復興區的一位同事就近趕往，被阻於重重警戒之外，我再請跑社會新聞的幹將馳命支援，仍是不得突破，我不得不親自披掛上了陣。首先我迅速召來內人支援開車陪我直奔頭寮，頭寮回大溪和桃園有兩條路，我要她車頭朝大溪方向，停在其中一條較冷僻的路口，車不熄火，然後隻身朝賓館前行。

我把相機掛在前胸，夾克拉鍊半拉到遮住相機的高度，褲管半捲。彼時雖然警戒重重，卻有泥水工人、油漆工人、修枝剪樹的工人推著獨輪車、拿著工具進進出出，我就讓自己像一個工人般悄悄混了進去。當然最大的奇遇是此刻我遇到了一位貴人，他是縣政府派來處理征地建造停車場的地政單位主管，他和我頗有私交，我暗示請他掩護一下，於是跟著他一面談話一面就進了頭寮賓館的大門。

一進大門我立即展開工作，只要面前無人立刻拉下夾克拉鍊按相機快門，根本不管有沒有對焦直接猛拍一番，移動幾步，換個另外一個沒人的方向繼續再拍，如此左轉右轉，東拍西拍，直到大約快拍完整卷三十六張底片時，後面跟上來了兩位憲兵，開口質問：「同志，請問你是哪個單位的？」

我徐徐朝賓館較小的側門方向挪步，支支吾吾隨口回答：我不是和你同一個單位的，我是陽明山來的……

大約挪退數步之遙，我一個猛轉身，朝側門拔腿衝出，兩位憲兵不疑我有這一招，呆立一下，我衝上車的剎那聽到後面刺耳哨音追來，內人油門一加，直接衝下了山路。

但我還是不敢掉以輕心，在車上迅速把相機底片卸下，牢牢踩在鞋與襪之間的腳底，同時換上一卷全新底片，咔嚓嚓隨便拍了五六七八張，這才安心的鬆了一口氣。

果真，我們的車急馳到內柵路交叉口時，已有幾位憲兵和阿兵哥路上攔車，一番交涉，我還裝做心不甘情不願故做堅持，最後才當著他們面前「乖乖卸下」相機裡的底片，交給他們之後終於獲准通行。

報社將我拍到的一大批照片做成一個大半版，成了海內外獨家。

兩位師父的師父

我的白石莊小園子最近進行一個小型工程，一位從十六歲就在台北「出師」，一直幹到今天都已六十五歲的泥水師傅一面工作一面和我聊天，居然聊出了一段精彩的台灣傳奇。

他說，他的外公姓鄭，發跡於鹿港，早年曾是鹿港有名的土水師（泥水匠），旗下工人大約兩百多人，稱得上是鹿港工班中知名的一組團隊。

但外公不只會替人蓋房子，真正的本領還懂得風水地理，幫人看風水地理之外，還會符咒術，鄉人疑難病痛，往往一個符咒便將之解決。可惜的是外公的師父並沒有傾盡所能把各種符咒悉數傳授給他的外公。外公的師父姓名不詳，他只記得外公稱呼師父為紅毛師，似乎不是紅頭髮的外國人，而是一位唐山師。

這位紅毛師本領高強，外公曾親眼看到他在一張蓆子四角擺上符咒，用石頭鎮住，自己端坐蓆子中央，一陣念念有詞，連人帶蓆竟騰空浮起，飄升到屋頂的高度才再緩緩降下。其他法術還有多種，至於為人施術治病更是名傳四方，遠近無人不知。只惜紅毛師只傳授一小部分本領給他外公，理由是「能生得你身，也無法知得你心」，人心多變，萬一所傳非人，為非作歹，授業師也難逃罪衍。

外公說，紅毛師臨終之際，召喚妻子將所有珍藏符咒經典逐頁拆解，送進火爐燒個精光，燒完最後一頁，也跟著嚥下了最後一口氣。外公噤聲肅立在旁，目睹全程，不敢要求留他一頁半頁。

我們這位泥水師父談起這段故事，情不自禁歎了一口氣，倘若紅毛師肯傾其所學傳授本領給他外公，他們家族也不必連著數代都幹泥水工這種苦力的活了。

說來也巧，這位泥水師父和我談到這段往事的前幾天，另有一位退休校長也和我聊到有些類似的玄奇故事。這位校長除了辦學頗有美名，另私下也精通符咒術，目前許多檯面上人物尊他為師爺，凡事都得請益之後才做決斷，甚至還有許多人隨身佩帶他的符咒以求亨通平安。

校長也和我談起他的老師，是一位大學教授，六十五歲才收他為徒。拜師前校長揪了一大堆有意學習的好友一塊兒往訪拜師，大家一一留下姓名年籍八字，數日之後只有他一人接到了佳音，成了這位老師一生中唯一收進的門生。老師對他無所不教，但只教與人為善的助人之法，除此之外就不傳授了。

談起恩師的本領，校長舉了一個例子，當他還是一位小學老師時，有一天他的這位恩師到宿舍探訪他，一時興起問他：此刻你最希望見到什麼人呢？他直覺想到學校一位女老師，但並未說出。恩師居然說：你中午多煮一人份的飯菜吧，我已通知你希望見到的人來這兒和我們共進午餐。

校長大大驚奇，那時候並無手機，也未見這位老師打電話，乖乖依著吩咐多煮了一人份的午餐，嚇人的是十二點鐘時，門外傳來敲門聲，那位女老師竟然笑吟吟出現在門口，也大方留下來一起用餐。這一套傳喚人的本領，他的老師就沒有教他。老師一生並未另收徒弟，也就是說，有許多本領就隨著老師於九十三年去世時消失了。

兩位師父的師父，同樣都對徒弟留了一手，徒弟對此都沒有怨言，也不覺惋惜，覺得沒有傳授的畢竟都是可能引起不好後果之術，還是不學也罷。

過年的台灣獨特

台灣和中國大陸過年民俗有不一樣嗎？

太多不一樣了！以下這些事是老一輩的人告訴我的。

首先，台灣人稱年糕為甜糕，寓意是「吃甜甜，過好年」，並不是「吃年糕年年高」。台灣人另有一種祈求年年高的過年糕點稱做糕仔，用紅紙包成一小包一小包，疊成一疊，過年時擺在神明桌上，期許全家都能步步高升。神明桌上另外還要擺其他甜點如蜜餞冬瓜、糖衣花生、米粩等等，有的代表長壽，有的代表生活美滿甜蜜。

農曆十二月二十四日家家戶戶要「送神」，不是送灶神升天，而是包括灶神在內的眾神統統恭送到天庭去。送神之後人間便由代班神明駐蹕，直到大年初四才在接神儀式中迎接眾神重回大地。也因此台灣送神還要焚燒一種叫做「雲馬」的紙錢，上頭印著白雲、馬匹、車輛、轎子等交通工具，現代版雲馬還印著飛機、輪船和汽車，讓神明也有現代化交通工具可使用。

台灣人貼春聯不會把福字倒過來貼，因為倒與到不同音，福倒下來不適合台語文化。

華人過年到處一片恭喜聲，為何過年要互道恭喜呢？台灣人對過年的由來與中原不同，中原有年獸傳說，除夕沒被年獸吃了所以要互相恭喜一番；台灣則說是神桌上的燭台之神作祟所致。故事是：燭台由名叫燈猴的燭台之神掌管，燈猴對於自己長年提供神桌照明的辛苦，卻從未受到禮敬而心生不滿，乃向玉皇大帝告狀，大帝為表懲罰，決定在除夕之夜教台灣島沉進大海。幸好土地公公即時將這個消息通報民間，人們趕緊在十二月二十四日將眾神恭送上天以免同遭沉沒之難，並在除夕陸沉之前殺雞宰鴨祭拜以告別祖先，同時和家人共進最後晚餐，分發壓年錢（壓歲錢）以為道別，全家並且同聚守歲共赴大難。萬幸的是臨危時觀音菩薩向玉帝求情成功，使台灣免遭沉沒之浩劫，因此天一亮人人相見無不慶幸萬分而恭喜不絕，紛紛趕往廟宇向神明謝恩。年初二嫁出去的女兒也要趕回來探望家人是否安然無恙，形成了回娘家的習俗。

一盞鐵線提把的壺

桃園市的忠義門牌坊被拆除那天，我趕到那兒，除了拍照，還順手從一片殘瓦礫堆中揀到一塊還算完整的琉璃瓦當回家，當做紀念物。同樣的心態，當我人在海外，獲知桃園復興鄉美麗的「太子樓（復興賓館）」被火所焚，回到台灣來，也迫不及待趕上山，看看那一堆廢墟。

看到那片斷牆殘壁，令我有欲哭無淚之感。燒掉的太子樓已成灰燼，就像燒掉的阿房宮，再怎麼努力，再怎麼投注最新進的科技建材，也無法復原了。

走在依然堅硬完好的石材基座上，遙想當年威權時代，日本皇室家族在這兒待過，台灣光復，蔣氏父子在這兒駐足過，那些年頭，一般「凡人」連站在遠遠處所眺望這房子一眼都難，更何能有機會撫摸一下它的牆、它的窗櫺、它的門柱？

我因工作的關係，很早以前就得以有機緣多次進出這棟房子，後來民主政治終告落實，這房舍「開放」供人參觀，我更先後去了許多回，可歎的是不旋踵間，它已毀於管理疏忽之下的一場火劫。

殘瓦碎牆之中，依稀還看得出哪一部分是當年的客廳，哪一部分是臥房、起居室、廚廁衛浴。走著走著，忽然間，瓦礫堆裡出現了一個小小的圓形物。我彎下腰去，拂掉覆蓋在上面的灰燼泥塵，它便整個露出來了，原來是一個瓷質的小茶壺。

它的壺身呈直筒狀，上頭彩繪著一些花鳥圖案，俗俗的、粗粗的，一看即知是幾十年前市面上賣的貨色，現代一般人家大概都已嫌其傖俗而不再用了。

我特別注意到它的提把，竟是用一根粗鐵絲彎成的。

它原來應該有比較漂亮的提把吧？想像中原有的提把可能是用籐條細細編織而成才對，或許由於使用日久，原來的提把磨損、脫落了，才換上鐵絲提把。

這使我不由得想起這壺的主人家，必定也是一個曉得惜物的人了。

這壺，無論是老蔣總統時代或蔣經國總統時代所留下來的，他們都貴為「一國之君」，舊壺的提把壞了他們要買個十把八把新壺，應該都「買得起」，卻不買新壺，寧可用一條粗粗的鐵絲去替舊壺做成一個新的壺把。這樣的壺把，醜是醜，使用功能倒也一樣啊。

閉上眼，腦海裡浮起了這一個場景：老總統難得偷個閒和夫人在客廳裡品茗，忽然茶壺的籐材提把鬆了、斷了，侍衛人員立刻趨前想要換一把新壺，老總統笑笑說：這壺別丟了，換個把，還可以再用。於是，侍衛人員便找來鐵絲，把它換了上去。

或許不是老總統而是經國先生，或許不是這兩位總統，而是官邸人員吧，然而，不管是誰決定不丟那斷了把子的壺，決定修修再用，都是一個多麼可愛可敬的決定。當年官邸如宮廷，如果「老闆」驕奢淫逸成性，侍衛恃寵而驕，「舊的不去，新的不來」，用壞一盞茶壺換上新的算得上什麼？肯定不會有人想到去換壺把再用的。

瓦礫堆裡的一把舊壺，使我有著太多的聯想。

我沒有像保存一片老牌坊的瓦當那樣把壺帶走，輕輕把它放回原來的位置，我想，有一天這殘址一定會被改建，到時說不定會有人發現這壺，而把它撿起來，送到比較好的保存處所去長期保存才對。

幾年後，從報紙上讀到復興賓館殘址已由救國團改建大樓，使我想起那壺來，只是無從知道它在怪手開到工地之前，有沒有被人撿拾起來。如果沒有，就太可惜了。

敲敲敲敲電話

大家都習慣說「打電話」，意思只是撥通一通電話而非真正動手去打。以前打電話常是用撥的動作，因此也有說是「撥電話」的。現在是按鍵時代，打電話成了按電話。有趣的是曾有一段時間，我們常「敲電話」，為什麼電話是用敲的呢？

因為，三十年前台灣的家用電話大多都是撥動轉盤的轉盤式機，轉盤上有數目字，打幾號電話就一個號一個號用手指頭逐一去撥號碼，撥完整組號碼便能通話。

彼時電話分區細密，即使同一個縣裡頭往往也分成兩區，街頭打電話到街尾如果跨了區就得依長途計價。長途電話收費昂貴，即使許多人家都裝有家用電話，也大半只用在自己所屬的這個區域中互相通話，非不得已絕對不願超出區域之外，以免電話費太高吃不消。

長途電話以零號開頭，因此出現了一種特製的鎖，可以把撥號盤上的零號鎖起來，防止有人偷撥長途。這種鎖設計了一個薄薄的金屬片，可以卡在鍵盤和機身之間，由於零號位於十個阿拉伯數字之最末端，鎖住零號使其無法撥動，長途電話就撥不出去了。

於是有人便發明了以敲電話代替撥電話的技巧，在被上了鎖的電話上用敲擊方式敲出號碼，從而破解被鎖住的零號。

如何敲呢？方法是以食指在擱置電話架上那個具有彈跳功能的塊狀塑膠上快速輕敲。要撥零號就敲擊十下，一號便敲一下，二號便敲二下，依次類推。號與號中間必須稍留間隔，如此連串敲擊便能完成一整組電話號碼的撥出動作。遇到零以外的其他號碼其實也可以不用再敲而直接撥盤。

撥電話何以不先解鎖呢？因為許多家戶、機關、學校平時都把零號鎖著，但有時碰到急需而持鎖人不在，便用敲電話這個變通辦法。當然不可諱言的其中也有不少是盜撥、偷撥的，筆者當年服務於媒體，有時在新聞記者公會寫稿，而公會為了怕電話費太高吃不消，天天都將零號上了鎖以禁止記者們撥長途電話，這時我便常看到有不少同業，遇有急須便猛敲電話來完成長途通話。當時大家相傳若是以敲電話來通話，電信局是計不到費也收不到錢的，是耶非耶？倒也沒有人去弄個明白。

前不久我和家人到一處賣場逛街購物，賣場中布置一套舊式沙發，茶几上居然也擺了一個老式撥盤電話，筆者向兒孫輩講起敲電話的故事，他們個個面露不可思議的表情，在這個人人都有手機的年代，打電話要撥旋轉盤已是匪夷所思，何況還得敲號碼，那真是太難以想像了。

青埔農村的童年記趣

翡翠田園華麗變身

高鐵桃園站昔日精采如風遠颺

這裡是一個青埔孩子的記憶，當年的孩子如今已是八旬老者，當年的純樸農村，而今已是豪宅林立，名店雲集，全台灣為之矚目的新興都市。

青埔地形地貌已然大大改變，而這位昔日的青埔小孩子，後來搖身一變，變成貢獻社會厥偉的大興工商（現在改制為大興高中）校長、省議員、立法委員的政治、教育界名人，他便是黃木添先生。他從小生活在青埔老街溪畔，政府為了建造青埔高鐵園區征購了他們家園，他忍痛讓售土地，卻也無怨，甚至還在多年後重回早已變貌的老家園，斥資一百餘萬元，建造一座漂亮的涼亭與青埔的「新住民」共享。

老教育家委我書寫青埔的前世今生之蛻變，其中他的童年生活尤其精彩，不是現代小朋友所能想像，更非青埔這些居住在豪宅巨廈的新居民所能想像，我將之摘錄於此，以饗讀者。以下均以第一人稱書寫。

糞坑裡的小豬仔

我小時候雖然不是一個搗蛋鬼，起碼也稱得上是一個小頑童。說到我的頑皮，有一件事記憶深刻，小時家裡養豬，除了一般的肉用豬，還養了一頭專門用來生小豬的母豬，小豬有的留著自己養成大豬賣錢，有的小小就賣出去，我們家的小豬總是健康又強壯，大多可以賣得好價錢，增加家裡不少的收入。

有一回，母豬又生了一窩小豬，因為天氣好，母親把豬放出豬舍，讓牠們在曬穀場上曬太陽、玩耍。我遠遠一看，覺得小豬真是越看越可愛，一時玩心大起，連奔帶跑衝過來，就在曬穀場上追著成群小豬玩。

追著追著，有一隻小豬被我追急了，竟然跌進曬穀場一側的糞坑裡了。早期廁所沒有化糞池，挖個大大的洞，幾塊木板往上一搭，人就蹲在木板上如廁，那個洞刻意挖得特別大，有一半在房子裡，另外大半延伸到屋外，用以承接來自豬舍、牛舍的牲畜糞尿——無論人或豬或牛的排泄物，都是有用的肥料來源。小豬跌進了糞坑，這下可不得了啦！

大哥正好從田裡忙完了農事，老遠看見了這一幕，立即狂奔而來，噗！一聲，也顧不得糞臭，直接就跳進糞坑去拯救小豬，小豬是被撈起來了，只沾得一身臭，沒死也沒傷；大哥則沾得全身又髒又臭，好不容易才從糞坑掙扎著爬出來，還顧不得沖洗，先狠狠修理了我一頓，當時我只覺又氣又惱，長大以後回想，可還真是不該。一頭小豬仔可以賣一筆錢，賣豬仔是家裡重要的收入，大哥為了保護牠而跳進臭氣沖天的糞坑，是多麼可貴的情操，我還惱什麼惱啊？

大哥為家裡做了好多事，一點也不曾聽他埋怨過。那一次難得遇上他發了大脾氣了。

割耙餘生記

農事極其辛苦，甚至充滿了危險。還記得九歲時有一次三哥問我：你會踩割耙嗎？割耙是一種大型的農具，一架長方形的大木框，框下整齊的釘了兩排銳利的刀子，刀刃與地面垂直，用途是把漫水的農田中的泥塊剖碎並輾平以便插秧，操作時人站直身子，雙腳張開，保持身體平衡，一前一後踩在割耙的兩個長邊上，一手拉著牛繩趕著牛拖著它徐徐前進，靠身體及割耙的雙重重量把濕軟的田土劃破、劃平，是插秧前繁複的整地手續之一。我當下不假思索就說：會啊會啊！

說完，我開開心心的從三哥手上接過了牛繩和竹鞭，踩上停在泥田裡頭的割耙，一聲吆喝，體型龐大的水牛邁步前進了。

我還來不及享受驅策這頭大水牛的快感，只覺重心一偏，兩腳突然一滑，慘啦，我跌倒啦！

跌在任何地方都沒什麼大關係，跌在操作中的割耙前，是會要命的。割耙本身其重無比，底下是一長排的銳利尖刀，牛在前面拖著，人跌臥其下，必遭一整排利刀劃過，就算不被「分屍」也必然腹破腸流，不重傷也半條命了。

說時遲那時快，三哥當時正在不遠處揮著大刀砍除田埂上的雜草，轉眼一看，發現了成排利刀下泥淖中的我，立刻發出「喝！」一聲如雷巨吼，同時扔下掃刀，朝我的方向狂奔過來，來到牛身旁，一把扯住牛繩，讓牛停住了腳，割耙同時也停了下來。幸好割耙即時在我身前停住了，沒有從我身上碾壓過去，但我的雙腿已被劃破九刀，刀刀血流如注。

如果是現在這樣的醫療環境，當然一定猛打119，請救護車緊急把我送到急診室去，少說也得縫上兩百針。但當時環境不同，三哥把我抱起來，衝回家，全家人七手八腳圍上來參加「急救」，家裡的大廳直接就變成了急診室。

忙亂中，母親找出父親的捲菸盒，把菸絲統統倒了出來，鋪上我的傷口——這是古老年代的止血祕方，果真一下子就止住了血。

接下來是各種草藥偏方一起上了場，我也不曉得究竟塗塗抹抹的是些什麼，反正就是被搞得有如被殺的豬發出陣陣哀嚎，整整一個月，九個傷口才一一結疤痊癒。

由於受了傷，那一季的農忙我完全都躲過了。躲過的代價不輕，每次洗澡都痛得哭哭啼啼，一整個月都是由祖母幫我洗澡。

十八般武藝

我雖曾淺嘗農事，卻都只在小時候，而小時候畢竟還只是個孩子，再辛苦也苦不到那裡去，可說苦少樂多。等到後來大哥結婚了，姐姐們也相繼出嫁，下一輩的子侄輩陸續出生，我變成了家中唯一在高等學府接受教育的「讀冊人」，儼然成了弟妹子侄的偶像人物，我也在課餘儘可能把所知所學的各種玩具、遊戲、手藝傾囊相授傳給他們，讓他們和我一樣擁有豐富的童年生活。

例如，林投樹長滿了刺，我教大家如何巧手摘取嫩葉、拔光尖刺，製作成小喇叭；河溝裡某些位置可以挖到黏性十足的陶土，我教他們怎麼挖掘，怎麼拋甩，才能煉出最好用的陶土，然後再教他們利用陶土做各種玩具，我還曾用這種泥土做牛車模型，具體而微的一架小牛車，連大人都讚美。此外，削陀螺、做風箏等等玩具，哥哥姐姐怎麼教我，我加以發揚光大教弟妹子侄，我是孩子王，也是他們心目中無所不懂無所不會的「英雄」。

陀螺怎麼削呢？現代的孩子即使陀螺玩得再好，恐怕也沒有人懂得如何用自己的雙手製做一個個人專屬的陀螺吧！

做陀螺首先得選取最佳材質的木料，然後用小刀一刀一刀慢慢去刻，這工作急不得，至少要花掉兩天的時間才雕得出一顆形狀完美重心適當的陀螺。

然後，找一支大鐵釘，對準正確的方向把鐵釘朝陀螺的尖端釘進去，要釘得垂直而正確，一個不留神釘歪了，這陀螺也就毀了。

釘好鐵釘之後，慢慢把鐵釘的釘帽（鐵釘的頭部）在石頭上磨掉，再將釘帽的部位磨尖，這樣又得花掉好幾天。等到鐵釘磨尖了，陀螺大致完成，就開始做洋麻繩，這又得費上好一番工夫。

為了一個陀螺，花上好多天而不悔，其中樂趣，唯有自己親手做過的人才能體會。打著自己做的陀螺，那種「人、螺一體」的感覺，真是一種難忘的驕傲。

當然，驕傲和快樂可不是平白得來，削一只陀螺，往往削到了手掌，削破了手指，弄得皮綻肉開，釘鐵釘、磨釘子，砸破了手指頭、砸青了手指甲更是常有的事。破了皮，流了血，自己找草藥自己糊，有時破皮嚴重，潰瘍了，草藥失靈，一個月還好不了，也得乖乖忍下去。怨不得別人，而且連怨都不敢怨一聲，因為沒挨罵已經算幸運了。

要想陀螺打得好，有一些小撇步不能不注意。找一個酒瓶或汽水瓶的瓶蓋，用石頭慢慢把它敲扁，讓它變成一個扁平的正圓形之後，中央鑿穿一個洞，把麻繩從洞裡穿過來，打個大大的死結，握在手掌心中。這樣打陀螺時繩子可以牢牢掌握著，再用力也不會失手，這就是小撇步之一。

中秋之後，秋風起兮，是放風箏的季節了，於是我們遊戲的重心移到風箏身上來。大人不玩風箏，風箏是小孩子的專利，我和三哥更是箇中高手。我大約從七、八歲開始玩風箏，一直玩到初中，瘋到連去河灘放牛也都要帶著風箏去。前前後後至少連著玩了七、八年之久。

做一個風箏可不容易，第一步要先劈竹材，竹材是簡單易得之物，住家周圍種滿了竹子用以防風拒盜，砍下一株成熟的竹子，對剖再對剖，劈出細細竹片，一一修得平滑整齊，然後取四支竹片結合成一個口字形，完成風箏框架；在框架中央綁上一個十字形的輔助支架以增加強度，基本造型即告完成。這是一個方形的風箏。如果將兩個方形風箏依對角線交疊成一個，就成了八角風箏，放起來更拉風。一個有如「田」字型骨架的四角風箏要用六根竹片，一個八角風箏則要用十支竹片，少一支都不行。

綁好骨架，逐一貼上棉紙，沒有棉紙就用不知哪裡找來的舊報紙、日曆紙也行。貼好，加上尾巴，綁上三條支撐線，繫上長長風箏線，就大功告成，可以迎風放飛了。

做風箏的要領在每一側都要完全一樣的大小，一樣的長短、粗細、厚薄，講究的是絕對平衡，不平衡的風箏一飛就翻觔斗，就算能飛也是一路跌跌撞撞飛不好。

風箏如果要一面飛翔，一面發出嗡嗡巨響，方法也很簡單，就是要在風箏上加上一個以竹青削成的弓，竹青就是竹的皮質部位，把這個弓綁在風箏上，兩端分別套上一個竹管，風箏一飛起來，風吹進竹管，就引得竹弓嗡嗡響，聲音足以傳達到非常遠的地方，放起來真是過癮極了。

那時代想糊風箏，沒膠水也沒漿糊，所以我們都用白米飯的飯粒來糊。取竹材和削竹片材料其實蠻辛苦的，常常搞得手上都是傷口，但想到有風箏可玩，也就顧不得痛了。

打陀螺和放風箏都少不了繩索，現代人要繩索，粗的細的，店裡頭應有盡有，以前農村買繩子不容易，也捨不得花錢，要用繩子就自己搓。

農家常用的繩子是麻繩，當年有人專門種洋麻，這種植物用途很多，洋麻不但可以取其纖維做成繩子，也可織成麻袋、麻衣，戰時且是重要的軍需作物。到後來漸被各種化學產品取代，洋麻不再有人栽種，淪為野地植物，也不常見了。

選取適當的成熟洋麻，砍掉枝葉，留下主幹，泡在水裡一星期後讓樹皮軟化，便可剝下樹皮，用石頭打成糜爛狀，把裡頭的木質部打掉只留下纖維，但得注意力道，別連纖維也打爛了。洋麻的樹皮富長纖維，是製麻繩編麻袋最好的原料。

製麻繩時，先把洋麻纖維整理成一絲一絲，放在腿上，一絲接一絲慢慢捻合，捻成線狀，再將兩股細麻線捻成一股，就得到了我們需要的麻繩，可以放風箏、打陀螺了。

除了洋麻，還有另一種植物，我們叫它朱仔（台灣話讀做「跌阿」），也是編織成布料的好材料。它的材質細緻，織成布比洋麻還高一級。當後來更好的紡織材料出現之後，洋麻和朱仔失去了實用功能，殘存的價值主要被用在喪家的傳統孝服上。台灣人所謂戴孝，披麻戴孝就是依親疏等級，戴麻或戴朱仔。現在洋麻樹偶而還看得見，朱仔樹幾已完全絕跡。

不同粗細的繩子，小孩用來放風箏和打陀螺，其實農村用繩機會極多，挑米籮要用繩子，挑雜物、牽牛、綁任何東西都要用繩子，主要的繩索種類除了麻繩，還有草繩。另外，月桃花的枝幹纖維強韌，將月桃整株割下來，去其葉保留主莖，用主莖略加擊搗使其柔化後曝曬，也可用來綑綁雜物。

草繩麻繩用量最大，農家多利用農閒時期製作。大量做繩子不是用大腿慢慢捻，而是用一種「大絞仔」來絞。這是一種好用的手動機械，用木頭製作，操作時一個人坐在絞機後端，緩緩搖動把手，拉扯並旋轉由另三人徐徐送來的三股細索，讓三股細索完全緊密揉成一條繩子。那協同的三位必須不斷將適量的原料揉進細索，保持細索的粗細一致。其他的幫手則負責整理材料，源源供應三條細索所需。無論打草繩或是打麻繩，用的都是這樣的方法。

打繩子要動員許多人手。如果自家人手不夠，便央叫左鄰右舍來幫忙，農家都是這樣，一家有事，大家幫忙，完全不計報酬代價。

現在在一些復古觀光農場裡，偶而還看得到人家用大絞仔打草繩的，但都只是表演性質，草繩早已從現代人的生活中隱去。即使現代農家，也不再用草繩了。其實草繩的材料就是稻草，可以說百分百的廢物利用，而且草繩一旦用久了，爛了，就回歸大地變成肥料，一點也不浪費，也不製造垃圾。農家昔時過著零廢棄物的生活，所有的廢棄物幾乎完全回收，對地球最友善，這種良好的生活方式，如今卻被視若敝屣般完全拋棄，今日社會流行的反而都是耗能源也耗資源的生活習慣，也難怪地球資源和自然環境被糟蹋得令人慘不忍睹，地球也幾乎難以承受人們的持續糟蹋了。

在我們的青埔老家，幾乎所有的農具無一不齊備。自然包括現在已極罕見的大絞仔。可惜隨著三合院和田園被征收，所有的農具已隨著老家化為塵灰，湮滅於滾滾時代洪濤之中。

番薯應該怎麼爌

常常看到年輕一代的父母親帶著他們的小孩到遊樂場爌番薯，忙得滿頭大汗，一個窯都還搭不起來，如果正好我有點時間，往往就會趨前展現一下身手。

外行人以為爌番薯是烤番薯，其實錯了，爌番薯採取的是間接加熱法——嚴格的說，其實應該叫做悶番薯才對。築一個泥塊砌成的灶，上方留一個洞讓它透氣，下方一側留個洞用來添加燃料，以保持燃料源源，火勢熊熊。直到泥塊都燒紅了，把番薯從上頭小洞逐一丟進去，然後用竹竿把整座泥窯打垮，讓碎窯直接覆蓋在番薯上，上面再密密蓋一層土，這樣讓番薯在下面悶著，兩小時之後把泥巴清走，把熟透了的番薯一一掏出來，悶出來的番薯真是清香四逸，可口極了，如今回想簡直連口水都要情不自禁流淌下來。

曬穀場雖是農忙時期的「戰場」，在平時卻另有各種用途，賣豬時是過磅交易的地方，閹雞時成了臨時獸醫院；鍋鼎破漏，這裡成了補鍋匠施展絕活的場所；剃頭師父來了，這兒成了理髮廳，而黃昏日落，夜闌人靜之際，這裡更是一家人納涼臭蓋答嘴鼓（台語聊天瞎扯的意思）的好場地。至於小孩子們的使用方式，則無分日夜，這裡都是我們最快樂的遊戲場。

我們在曬穀場上捉迷藏、跳繩、打陀螺、擲沙包、扮家家酒。用碎布包著細砂放在掌上投擲的沙包遊戲可不是女生的專利，無分男女都會參加，而且男生的成績也不比女生差。像我，有很長段時間都是孩子群中「超級無敵」的玩沙包高手。

捉迷藏是百玩不厭的遊戲，我們家的曬穀場寬敞得很，周邊遮蔽物很多，所以很容易躲，不容易被捉到，每每玩得大家汗流滿身，樂此不疲。

農村的夜晚，除了星光月光，我們還特別記得夜晚的另一種光，就是春末以後一直持續到入秋的螢火蟲季出現的螢火蟲的光。螢火蟲那時多得不得了，沒有光害環境下的螢火蟲活得特別有精神，閃光也顯得非常明亮，有時我們抓來一大群，塞進瓶子裡，瓶子亮得可以當手電筒用，古人有囊螢映雪的佳話，靠著螢火蟲的光來徹夜苦讀，或許今天的小朋友無法想像，懷疑螢火蟲的閃光怎可用來照亮書本，唯有曾經親身經歷那段日子的人方知此言不虛。

不過，螢火蟲的亮光再怎麼亮，捉迷藏再怎麼好玩，也只能玩到天黑。只要是沒有月亮的晚上，天一黑透，人人乖乖回家，因為入夜之後四面八方都是一片黑漆漆的，不回家也玩不成了。

追螢火蟲、爌窯悶番薯、摸魚蝦、釣鱔魚、放風箏、釘干樂（打陀螺）……啊！兒時的記憶，真太令人難忘了！

釀文學251　PG2561

偷刣豬的阿忠歐吉桑

作　　者　　邱　傑
責任編輯　　姚芳慈
圖文排版　　蔡忠翰
封面設計　　劉肇昇

出版策劃　　釀出版
製作發行　　秀威資訊科技股份有限公司
114 台北市內湖區瑞光路76巷65號1樓
電話：+886-2-2796-3638　傳真：+886-2-2796-1377
服務信箱：service@showwe.com.tw
http://www.showwe.com.tw
郵政劃撥　　19563868　戶名：秀威資訊科技股份有限公司
展售門市　　國家書店【松江門市】
104 台北市中山區松江路209號1樓
電話：+886-2-2518-0207　傳真：+886-2-2518-0778
網路訂購　　秀威網路書店：https://store.showwe.tw
國家網路書店：https://www.govbooks.com.tw
法律顧問　　毛國樑　律師
總 經 銷　　聯合發行股份有限公司
231新北市新店區寶橋路235巷6弄6號4F
電話：+886-2-2917-8022　傳真：+886-2-2915-6275

出版日期　　2021年7月　BOD一版
定　　價　　280元

Printed in Taiwan

讀者回函卡

國家圖書館出版品預行編目

偷刣豬的阿忠歐吉桑/邱傑著. -- 一版. -- 臺北市 :
釀出版, 2021.07
面 ;　公分. -- (釀文學 ; 251)
BOD版
ISBN 978-986-445-474-7(平裝)

863.55　　110008530